片岡義男

彼らを書く

光文社

彼らを書く◎目次

いまからザ・ビートルズをDVDで観る。

今度はボブ・ディランをDVDで観る。

そしてエルヴィス・プレスリーをDVDで観る。

いまから
ザ・ビートルズを
DVDで観る。

さきにかねをもらわないと

一九六四年の二月七日の午後、イングランドのグラナダ・テレヴィジョンという会社から、メイスルズ兄弟のところに電話があったという。ザ・ビートルズの四人を乗せた飛行機があと二時間でジョン・Ｆ・ケネディ国際空港(前年まではアイドルワイルド空港)に到着するけれど、彼らの記録映画を撮影する意思はありますか、とそのＴＶ会社は、電話に応対した兄のアルバートに訊ねたそうだ。アルバートはザ・ビートルズを知らなかったけれど、弟のデイヴィッドは知っていた。電話で話をまとめ、兄は手持ちの16ミリ撮影機を、サウンド・マンの弟は録音機材を肩にかけ、空港へと急いだ。空港に到着すると、ザ・ビートルズの四人を乗せた飛行機は、滑走路に着陸するところだった。八十一分の記録映画にまとまったこの作品には、The First U.S. Visitという題名があたえられ、おそらく一九六四年のうちには公開されたのだろう。僕はまったく知らなかった。日本で発売されているＤＶＤを二〇一八年に購入し、ついさきほど観た。五十五年遅れの観客だ。

9　さきにかねをもらわないと

初めてアメリカを演奏旅行するザ・ビートルズに同行し、どこでなにを撮影してもいい、という許可を得ていたのだろう、ニューヨークの空港に彼らが到着したところから、作品は始まっている。もみくちゃ、という言葉をいまここで僕は初めて使う。停止した飛行機にタラップがつけられ、そこへ出て来たときから、四人はもみくちゃになる。なにか歌ってよ、と記者のひとりに言われて、さきにかねをもらわないと、とジョンが応じる。最後に床屋へいったのはいつだい、と訊ねられ、昨日いったけどなあ、とジョージが言う。いまに伝えられる歴史的なやりとりのふたつを、オリジナルの音声で受けとめつつ、画像でも見ることが出来る。これだけでも充分なのではないか、と僕はふと思った。

　アメリカでの演奏旅行ではニューヨーク、ワシントンＤＣ、マイアミ・ビーチへ、兄弟は四人とその関係者たちに同行している。取り巻く人々の渦中にいて撮影されたフィルムは、インティメイト・ドキュメンタリー・スタイルと、いまでは呼ばれている。今日まで続いているロックンロール・シネマトグラフィのベンチマークとなった作品、とも言われる。ホテルの部屋のなかでの、ブライアン・エプスタインとその秘書とのやりとりは、そのときその場にいた人のみが撮ることの出来た映像として、たいそう興味深い。エプスタインが部屋を出てから、外からかかってくる電話を秘書の女性がさばく様子も、ドキュメンタリーそのものだと僕は思う。

　彼ら四人がアメリカにいたあいだに、二月九日から三週続けて、『エド・サリヴァン・ショー』というＴＶ番組に彼らは出演した。二月九日、二月十六日、そして二月二十三日の、三回だ。彼らが最初に出演した九日の全米視聴者の数は七千三百万人だったと言われている。三回ともこのＤＶ

Dに収録されているが、番組ぜんたいではなく、ザ・ビートルズが出演するところだけだ。曲の配分が面白い。九日では前半に三曲、後半に二曲、彼らは登場して演奏し歌う。十六日では前半に三曲、そして後半にも三曲だ。二十三日では、前半に二曲、後半は一曲だった。

ギターそのもの、そしてそれを演奏することに関して、もっとも熱心だったのはジョージ・ハリスンだった、という確認をすることが出来る。リズム・アンド・ブルースよりの、しかし明快で受けとめやすい彼のギター演奏は、一九六四年にはすでに世界共通語のような位置を獲得していた。

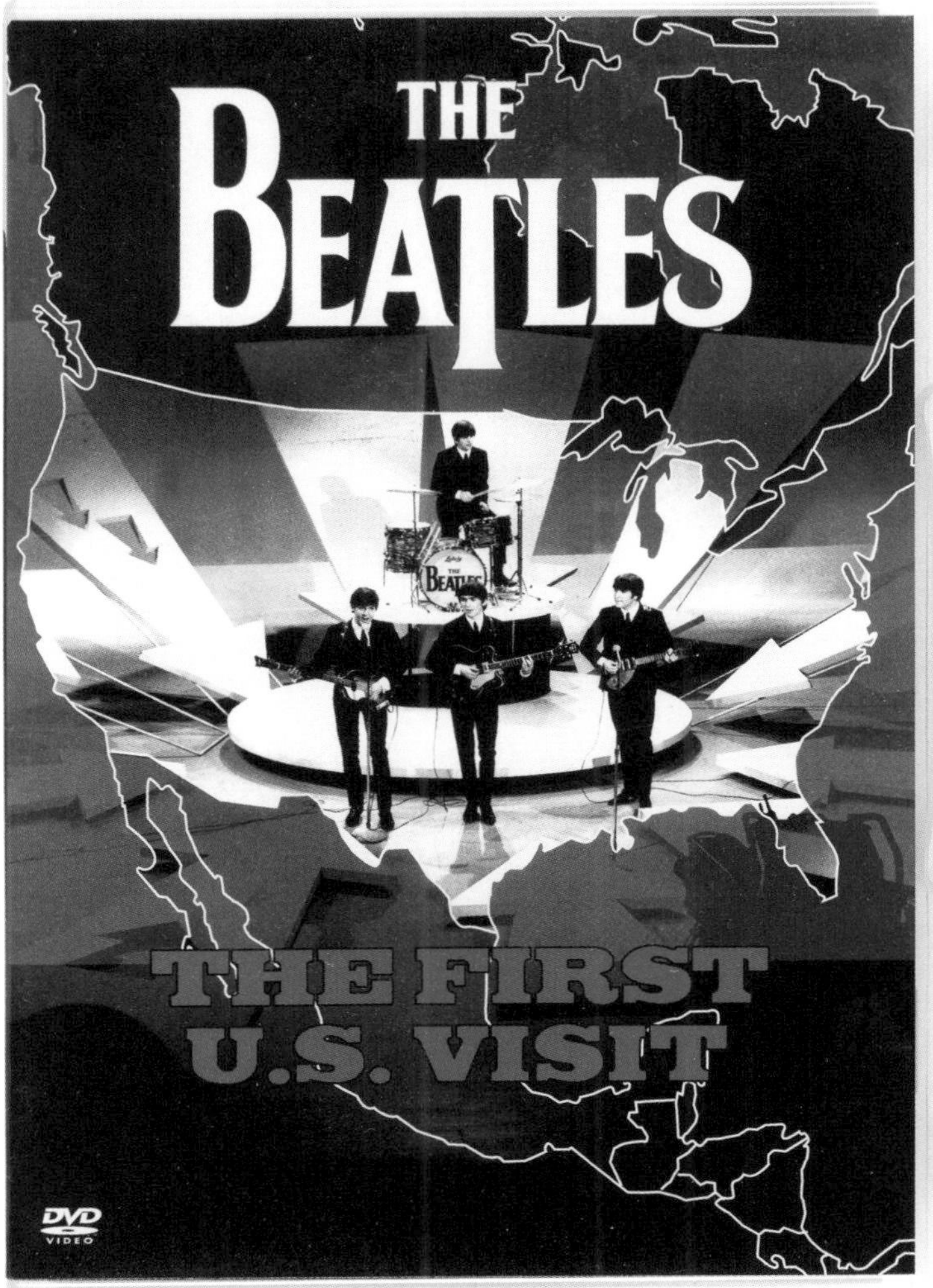

13　さきにかねをもらわないと

ご家族みんなのザ・ビートルズ

The Four Complete Historic Ed Sullivan Shows Featuring The BeatlesというＤＶＤがある。日本でも簡単に手に入る。僕は二〇一八年の夏の午後、とある店舗の棚で見かけて購入した。題名のとおり、ザ・ビートルズが出演した『エド・サリヴァン・ショー』が四回分、番組ぜんたいの始まりから終わりまで、収録してある。第四回分とは、次の年の一九六五年にもザ・ビートルズはアメリカへ演奏旅行にいき、九月十二日に出演したときのものだ。

当時のこの番組のぜんたいを四回分見ることが出来るのだから、このＤＶＤは貴重だと言っていい。『エド・サリヴァン・ショー』は千四十五時間分がデジタルのアーカイヴになっているという。一時間の生中継番組だった。本拠はニューヨークにＣＢＳが所有していたスタジオだ。番組を製作する側の人たちにとっては、そこはスタジオだっただろう。しかし構造は舞台に客席が向き合うという、よくある劇場であり、観客になりたければ申し込みをして、抽選で当たれば入場券を手に入れることが出来た。

その入場券を復刻したものがＤＶＤのパッケージに入っている。その劇場はテレヴィジョン・ストゥーディオ・ナンバ・フィフティと呼ばれていたようだ。復刻されているのは非売品のコンプリメンタリ・ティケットで、一九六四年二月九日の午後八時から九時まで、開場は午後六時十五分、そして観客がなかに入れるのは、ドアが開いてからドア・クローズまでの十五分間だった。

日本で言うところの民放の娯楽的なＴＶ番組だから、そこには当然のこととしてＣＭがある。アナシン。ピルズベリー。エアロシェイヴ。グリフィン。エアロワックス。リプトン。リーズ。オール。ラックス。ＣＭはたくさんある。司会者のサリヴァンは、ＣＭの直前になると、But now a word about Anacin. とか、Here's a word of good advice. などと言っている。A wordと彼は言うけれど、とてもではないが、A wordではおさまらない。画面にＣＭが映し出される直前、「その前に、ちょっとこちらを」と司会者が笑顔で言っていたのを、僕は日本の民放ＴＶでかつてしばしば見た。A wordという英語は、ちょっとこちらを、という日本語とほぼおなじだ。

アナシンは頭痛薬と言われているが、頭痛のもとであるかもしれない、不安や心配事、疲労などを、服用後ただちに取り除くという種類の、Fast Pain Relieverだ。会社へ向かう前に洗面台で朝のしたくをしている男性に、アナシンの効能が当時のアメリカのＴＶ英語のナレーションで重なる。この男性は役者なのだろうけど、その見事なキャスティングぶりには平伏するほかない。

ピルズベリーのＣＭは、小麦粉をおいしく食べることに関する知恵の、この時代のアメリカでの総集編だと思えばいいか。日本語ではロールパンと呼ばれているロールズは、例えば朝食では、冷蔵庫に入れておいたのを取り出し、紙の包装を開いてなかからひとつずつ、小さな容器に移してオーヴンで焼けば、そこにはたちまち容器ごとにロールが出来上がるから、あとは容器から取り出せばいいだけ、というような具合だ。ファッジだのブラウニーだの、たくさんの種類があった。チョコレートやバターがいかに本物であるかが、男性のナレーションによって強調されてもいる。クレッセント・ディナー・ロールは三日月のかたちをしていたし、チョコレート・チップ・クッキーには、本物のチョコレートが入っていた。本物であることがこれほどに強調されるからには、本物ではないチョコレート、つまり薬品で香りだけ作った茶色のものが、たくさん市販されていた、ということでもあるのだろう。

　オールという商品名の洗剤があったようだ。すべてがこれで洗えるからこそ、それはnewでありadvancedだった。コールド・ウォーター・オールという洗剤もあった。この洗剤を使えば、あらゆるものが水で洗うことが出来た。リーズはカーペットだ。カーペットを買うにあたっての良きアドヴァイスがあります、と画面をＣＭにつなげるにあたって、Here's a word of good advice. とサリヴァンは言っている。

　ラックスはここでは女性用のソフニング・ローションの広告だった。皮膚が硬くなるのを、このローションで防げるという。リプトンは紅茶のティー・バッグだった。After this word about Lipton. というサリヴァンの言葉に続いて画面に映し出されるのは、リプトンのティー・バッグを使ったアイスト・ティーは、珈琲よりもrefreshes betterなchange of pace drinkなのだ、という世界だった。

　どのＣＭもその作りや世界観において、優劣はつけがたい。番組によく調和している。異質な雰囲気はまったくない。エド・サリヴァンにもっとも似合うのは、A word about Anacin. だろう。会社から自宅へ帰って来た中年の男性が、ふとした妻のひと言に声をあらげ、怒鳴ってしまう。Control yourself. とナレーションの男の声が言う。自分の気分が冴えないからと言って、身近な人たちに当たり散らしてはいけない。Extra ingredientsの配合によって効果てきめんのアナシンを服

The
Ed Sullivan
Show

用すれば、Big difference to the way you feel. 気分はたちまち大きく変わります、とナレーションは言う。奥さんは笑顔で夕食のしたくに余念がなく、さきほどあんなに怒鳴って機嫌の悪かった夫は、別人のように楽しげに幼い娘の相手をする、という絵が画面に描かれる。

一九六五年九月十二日のこの番組の内容を見てみよう。ＤＶＤのパッケージの裏側にごく簡単な記載がある。スーピー・セールスというコメディアンがひとしきり演じたあと、歌手のシーラ・ブラックが登場して『九月の雨』を歌う。ファンタジオという手品師がそれに続き、その手品のあと、ザ・ビートルズが登場し、三曲を歌う。それが終わるとアレン・アンド・ロッシという男性ふたりのコメディ・チームが観客を笑わせ、そのあとシーラ・ブラックがふたたび舞台に登場して、Goin' Out Of My Headという歌を披露する。スーピー・セールスがこのあとに続き、ザ・ビートルズが三曲を演奏して歌う。これで終わりだ。

コメディ・チームは冗談を言って笑わせるから、僕は好いている。一九六四年二月九日の番組には、マッコール・アンド・ブリルと表記された男女ふたりのチームが登場した。このふたりはこの日にこの番組でデビューしたそうだ。ぜんたいの話は別にどうと言うこともないのだが、ふたりのやりとりのなかに、短い冗談がふとさしはさまれるから、油断は出来ない。「私の妹のひとりがビートルだったのよ」と女性が言い、「その妹さんはその後どうなったのだい」と男性が訊ねると、「誰かが踏んづけて、つぶしちゃったの」と彼女は答える。これはたいへんいい。笑わせる。

一九六五年九月十二日の番組には、ふたたびあらわれるシーラ・ブラックの前に、アレン・アンド・ロッシという男性ふたりのコメディ・チームが出て、彼らもジョークを披露した。ふたりの演技が終わり、エド・サリヴァンが出て来て三人になったところで、「ジョークでよければ僕たちもやりますよ。いいですか」と、ロッシはジョークを語る。

「あるところに男がひとりいまして、彼は自分の家を建てることにしたのです。なにごともきっちりやらないと気のすまない彼は、その家を煉瓦造りにすることにして、家ぜんたいでいくつの煉瓦が必要になるのか、正確に計算したのです。その計算どおりの数の煉瓦を使って家を建てたのですが、作業をすべて終わった彼の手もとに、煉瓦がひとつだけ残ったのです。どこでひとつ間違えたのか、いくら考えてもわからないので、その男はその煉瓦を捨ててしまいましたとさ」

　そこでアレンが続ける。「ちょうどその頃、汽車のなかでは小犬を抱いた立派な婦人が座席にすわっていて、その向かい側には恰幅のいい中年の男性がひとりいて、彼はじつにうまそうに葉巻をふかしています。立派なご婦人はその葉巻の煙に我慢ならず、葉巻をやめていただけませんか、この犬も嫌ってます、と言ったのです。ところがその男性は、この葉巻の煙は犬の精神衛生にいいんだよ、などと言って葉巻をふかし続けます。怒った婦人は葉巻をひったくると、走る汽車の窓から捨てました。そのお返しでしょうか、恰幅のいい男性は、婦人がかかえていた犬をわしづかみにするやいなや、走る汽車の窓から外へ放り投げたのです。でもその犬はすぐに窓から車内に飛び込んで、婦人のもとに帰ってきたのです」とアレンが語る。聞いていたエド・サリヴァンは、「その犬は彼女が投げ捨てた葉巻をくわえてるんだろう」と言うと、「違いますよ、大違い。その犬がくわえていたのは、ひとつだけあまったので捨ててしまったあの煉瓦ですよ」と、アレンは言い、ジョークは完結する。こりゃしょうがねえ、という表情でエド・サリヴァンは笑う。このジョークもたいそう良かった。笑えた。

一九六四年二月九日の番組では、ポール・マッカートニーがTill There Was Youを歌っているあいだに、リンゴ、ジョージ、ジョンの顔がひとりずつアップになり、ファースト・ネームが白い文字で画面に出た。ジョンのときには名前だけではなく、次のようなひと言が添えてあった。Sorry, girls. He is married. おなじ日の番組の後半でザ・ビートルズが登場しているとき、I Saw Her Standing Thereの途中で、ジョージがギターを弾く様子がアップになった。放映する番組のための、単なる画面の絵作りだったろう、と僕は思う。

一九六五年九月十二日のショーに登場するコメディ・ルーティーンのアレン・アンド・ロッシのロッシは、エドが確かスティーヴと呼んでいた。彼はまずひとりで舞台にあらわれ、Try To Rememberという歌を歌う。彼は二枚目だ、と思う人は少なからずいたのではないか、という程度

の二枚目だが、歌はうまい。もう一曲、When You Are Smilingという歌に続き、She Loves Youを披露するときには、相方のアレンが舞台から客席の通路に降り、客を相手にコメディのルーティーンをおこなう。すでに書いたとおり、このあとシーラ・ブラックがふたたび登場し、Goin' Out Of My Headという歌を歌う。

彼や彼女の歌そして雰囲気に、ザ・ビートルズの歌と演奏がいっさいなんの無理もなく均衡している様子は、見事なものだ。スティーヴ・ロッシやシーラ・ブラックの歌が作る世界のなかに、ザ・ビートルズも確実にいる。四人はきわめて中道的に滑らかにまとまっている。まるでこの番組が、こと細かに注文をつけて、英国に作らせたかのような出来ばえだ。二度目に出て来たシーラが、出身地はどこですか、とエドに訊かれてリヴァプールですと答えると、客席には歓声が上がった。

Something for everybody. というこの番組の方針を、ザ・ビートルズはきれいに体現している。スティーヴやシーラの歌に喜んで拍手する人たちがいれば、ザ・ビートルズの演奏と歌に拍手する人たちもいる。どの人たちも、この生番組を客席で見ている観客たちだ。Something for everybody. を日本語で言うなら、ご家族みんなで楽しめる、とでもなるだろう。ご家族みんなとは、保守の見本ではないか。そのような雰囲気を出せ、と番組のほうがザ・ビートルズに強く求めたのではない。ザ・ビートルズが番組の雰囲気に自分たちを無理して合わせたのでもない。パーラフォンからデビューしてアメリカ公演にいたるまでのザ・ビートルズは、そもそもこのような中道的な雰囲気を持っていた。彼らはそのような人たちだった。

エド・サリヴァンはエドワード・ヴィンセント・サリヴァンとして一九〇一年にニューヨークで

生まれた。双子だったという。もうひとりは病弱で早くに亡くなったそうだ。フリーランスの記者としていくつもの新聞に主としてスポーツを主題にして文章を書くことから社会生活を始め、一九三二年にはニューヨーク・デイリー・ニュースという新聞に『リトル・オールド・ニューヨーク』というコラムの連載を開始した。この連載は彼の死去まで続き、ニューヨークの人たちの多くが楽しみに読んだという。

一九四七年にＣＢＳに司会者として雇われ、一九四八年の六月に始まった『トースト・オヴ・ザ・タウン』というＴＶヴァラエティ番組の司会を始めた。番組は不評だったが、ＣＢＳの後ろ楯を得てエドは譲らず、一九五五年に『エド・サリヴァン・ショー』と改名され、一九七一年、時代は変わった、という理由で、二十八年続いたこの番組は終了した。一九七四年にエド・サリヴァンは死去した。一九六三年にボブ・ディランがこのショーに出演することになり、スタジオでリハーサルを始めたとき、『トーキン・ジョン・バーチ・パラノイド・ブルース』という歌は歌わないように、とエドそしてＣＢＳから言われた。ディランは即座にスタジオをあとにし、番組に出演することはなかった。

THE Four COMPLETE HISTORIC
Ed Sullivan SHOWS
FEATURING The Beatles
AND OTHER ARTISTS INCLUDING
The Original Cast from "Oliver!"
Cab Calloway, Cilla Black,
Frank Gorshin, Soupy Sales,
Gordon & Sheila MacRae
And many more...
DVD
VIDEO

Can you hear me? Hello?

一九六五年の夏にザ・ビートルズは二度目のアメリカ公演をおこなった。八月十五日の午後九時十五分からは、ニューヨークのシェイ・ステイディアムの特設ステージから、五万六千人の観客に向けて歌い、演奏した。シェイ・ステイディアムは、日本ではシェア球場と呼ばれていた。ビッグ・リーグのチームのひとつ、ニューヨーク・メッツの本拠地だと、僕は記憶している。特設ステージは二塁のうしろに設けられた。

このときの様子をＤＶＤで見ることが出来る。The Beatles At The Shea Stadiumという題名で、パッケージ入りのＤＶＤが市販されている。一部始終とはいかないまでも、この日の様子はカラーの16ミリ・フィルムで撮影された。ザ・ビートルズの四人はヘリコプターで球場へ向かった。旅客用の大きなヘリコプターだ。このヘリコプターがニューヨークの上空を飛んでいるのが、追尾しながら飛んでいるもう一台のヘリコプターないしは軽飛行機から、撮影されている。四人が乗ったヘリコプターのなかの場面もある。球場を窓から見下ろしているジョージの横顔を見ることが出来る。ほぼ真下に見下ろす球場のショットもある。観客席がフィールドを円形に取り囲んだ、それじたいが円形の、不思議な造形だ。四人を乗せたヘリコプターは、シェイ・ステイディアム上空を何度か旋回したあと、球場近くのニューヨーク・ワールド・フェアのポート・オーソリティというヘリポートに降り、そこに待っていたウエルズ・ファーゴ社の装甲トラックで球場に入った。ヘリコプタ

Herald Tribune

ーでそのまま球場のフィールドに着陸すればよかったのに、と現在の僕は思うが、その案はニューヨーク市当局からあっさり拒否されたらしい。

16ミリのフィルムから35ミリのポジが何本もコピーされ、全世界で公開されたという。コピーされるときにはオリジナルからではなく、コピーされた35ミリ・フィルムからさらにコピーが重ねられる、ということがあたりまえのこととしておこなわれた。映画館その他、フィルムの上映施設のあるところでも、16ミリは上映出来ない場合が多い。35ミリ・フィルムにコピーされたのは、そのためだ。何度もコピーを重ねた、したがってオリジナルとは画質において大きく劣るフィルムを、映画館で見た人は多いのだろう。

ザ・ビートルズに関する昔のものを探し出す計画が実行され、その一端として、この記録のオリジナル・フィルムからコピーされたＬＰＰ（Lowfade Positive Print）のセカンド・ジェネレーションが発見された。発見されたままの状態のフィルムが、短い解説のあとに収録してあり、そのフィルムを最新の技術でオリジナルに向けて復元したフィルムが、その次に収録してある。僕は復元されたほうで観た。ごく短いEverybody's Trying To Be My Babyを含めて、ザ・ビートルズは十二曲、歌っている。

ブライアン・エプスタインがステージのすぐそばに立っている映像がある。短いショットだが、これは見ておいたほうがいいように、僕は思う。そしてもうひとつ見るべきだと僕が思うのは、ザ・ビートルズがステージを降りてすぐ、待機していた自動車に乗り込んで、走り去る場面だ。あの時代のアメリカの、平たくて四角く大きな白いステーション・ワゴンだ。球場の外へと走り出る通路は、警備のもとに確保されていたのだろう。球場から地上へとその自動車が出たとき、そこはどこだったか。もうひとつ僕が気になるのは、ジョージがギターを持っていたかどうかだ。

　四人をステージに迎えて簡単に司会したのはエド・サリヴァンだ。十二曲のうち三曲がステレオ録音されていたのだろう、それも加えてある。ＤＶＤには、一九六五年に『エド・サリヴァン・ショー』に一度だけ出演したときの映像も、ザ・ビートルズの部分だけ収録してある。八月十四日とパッケージには印刷されている。ＣＢＳスタジオで六曲を演奏し歌う四人は、九月十二日放送分のものとまったくおなじだ、と僕は判断した。八月十四日はリハーサル、そして収録日だったという事実がわかった。六曲のうち、ジョンはI Feel Fineで歌詞を間違えて歌っている。ポールはI'm Downで二番の歌詞から歌い始めている。

　このＤＶＤとは別に、The Beatles Shea Stadium 1965というＣＤが発売されている。彼らが演奏して歌う十二曲に、エド・サリヴァンの司会が加えてある。ボーナス・トラックとして『エド・サリヴァン・ショー』に出演したときの六曲が収録されている。この年にザ・ビートルズがおこなったNorth American Tour '65の日程がスリーヴに印刷してある。八月十五日のニューヨークから始まって、十七日から二十二日まで連続して、トロント、アトランタ、ヒューストン、シカゴ、ミネアポリス、ポートランドだ。そして二十八日から三十一日まで、サンディエゴとロサンジェルスが二日間、そしてサンフランシスコだ。この日程に、Shea Stadiumの画像はよく均衡している。

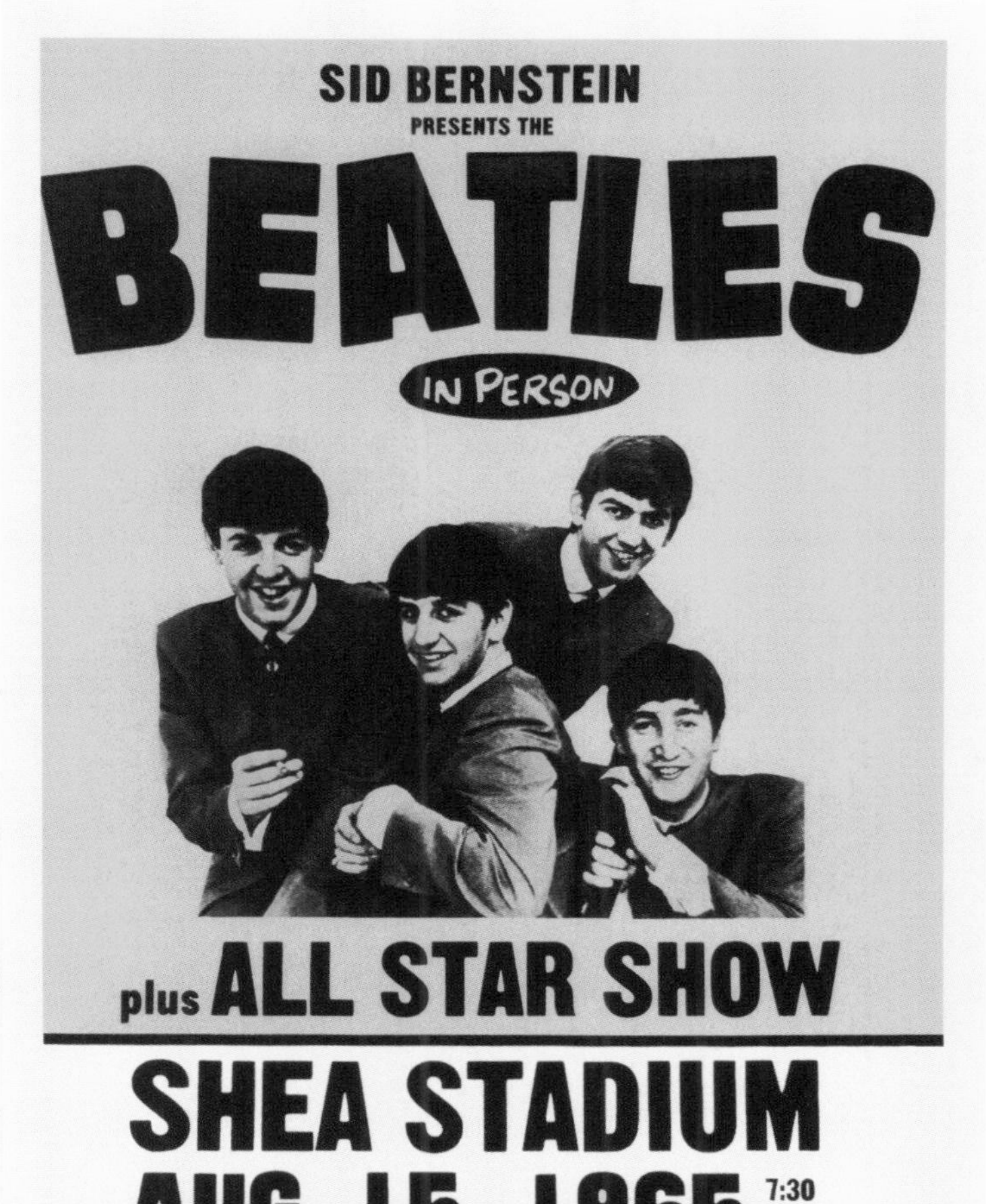
SID BERNSTEIN
PRESENTS THE
BEATLES
IN PERSON
plus ALL STAR SHOW
SHEA STADIUM
AUG. 15, 1965 7:30 P.M.
ALL SEATS RESERVED: $4.50 5.00 5.75 phone 265-2280 FOR INFORMATION
TICKETS NOW AT:
SINGER SHOP RECORD DEPT. Rockefeller Center Promenade, 49th - 50th Sts. on Fifth Ave.

If that question was a joke, it wasn't funny.

一九六六年六月二十九日、午後三時二十分から、東京ヒルトンホテル（現在の名称はザ・キャピトルホテル東急）の紅真珠の間でザ・ビートルズの記者会見が開かれた。英語で言うならピンク・パール・ボールルームだ。基本的な使用目的はボールルームなのだろう。片方にステージがあり、緞帳は上に上がり下に下がり、左右に開閉する幕もあった。椅子やテーブルを運び出すと、約四百六十平方メートルだという平らなフロアの空間があった。記者会見はここでおこなわれた。参加した記者や写真を撮る人たちなど、合計で四百十人ほどだった。会見は四十五分の予定だったが、一時間三十分以上となった。この様子の一部をＤＶＤで観ることができる。

ステージと向き合って椅子がならべられ、記者たちはそこにすわった。すわれない人たちはたくさんいたようだ。彼らはうしろで立っていた。ステージには白い布で覆われた横長の机が三つ、横にならんでいた。まんなかのテーブルにザ・ビートルズの四人が椅子にすわって向き合った。向かって左から、ジョン、ポール、ジョージ、リンゴだ。彼らの机の左右にひとつずつあった机には、通訳をした日本の男性その他、関係者たちが向き合っていた。緞帳が上がるとザ・ビートルズは机についていた。最初の十分間が写真の撮影にあてられると聞いたからだろう、四人は机の前に出て来て、軽く机によりかかる姿勢をとり、笑顔となった。

東京音楽記者会。雑誌芸能記者クラブ。日本外国特派員協会。この三つに記者たちを分け、それ

ぞれの代表者が代表質問をする、と司会の人が告げた。質問は十項目あり、そのうちの七項目を、東京音楽記者会の幹事が代表となって質問した。残りの三項目は外国特派員協会のロイター通信社東京支局長が受け持った。この十項目の代表質問のあと、三つの団体それぞれが五分ずつ自由に質問していい、というきまりだった。質問の内容はあらかじめきまっていて、それらは英訳されて紙にプリントされ、ザ・ビートルズの四人それぞれの前に配付してあったようだ。

　髪型に関する質問があった。いつなにをきっかけにして、そのような髪型になったのか、その髪型を変えるつもりはあるのか、というような質問だった。髪型を変えるとしたら禿げたときだろう、とリンゴが言った。次のような英語だった。I think the next change will be when we go bald. いまのそのような髪型になったきっかけはなにだったのか、という質問にはジョージが次のように答えた。The original idea was, uh, it just happened, you know, We couldn’t afford a barber at the time and we liked it long and it just developed into this.

　こうなった、とジョージは言うけれど、一九六四年にアメリカで『エド・サリヴァン・ショー』に出演したときも、彼らの髪型は、こうである、としか言いようのないものだったが、そうであるための準備を四人はそれぞれにおこない、スタジオでヘア・スタイリストたちプロフェッショナルが存分に作り上げて満足した、四人とも作品のような出来ばえだった。一九六六年の東京では、たとえば記者会見で人前に出るにあたって、鏡の前に立って髪を念入りに整える、というような時間は四人とも皆無に近かったのではないか。

　十項目の代表質問が終わったあと、三つの団体による自由質問の時間となった。雑誌芸能記者クラブを代表して、文藝春秋の小田切さんという男性が、ＭＢＥ勲章について訊いた。日本へは持って来たか、どのような時につけるのが、と言った質問だった。グラスに敷いてあったコースターを右手の指先に持ち、これがそうだよ、とジョンは分かりやすいはずの冗談を言った。この冗談は記者たちに、あるいは通訳をした人にも、まったく通じなかったようだ。僕はこのときのコースターを丸いかたちしたコースターだと思っていたのだが、ジョンが指先に持って見せたのは正方形のコースターで、そのまんなかに、白黒のフィルムでは黒に見える色で、丸が印刷してあるものだ。

　どんなときにその勲章をつけますか、と通訳の人に訊かれて、We don't. とジョンは答え、We've never worn it yet. とリンゴが言った。「音楽家でほかにおなじ勲章を受けた人はいるかどうか」「知らないね、クラシックの人にはいるかもしれない」というようなやりとりのあと、小田切さんはふたたび質問した。「いま見せられたのは、つまり略章じゃなく本物だということですね」という彼の発言で、略章を英語でなんと言うかという問題になり、It's an……I don't know. Buttonhole thing. Miniature, that's it. と、ポールの発言でミニアチュアとなった。本物の勲章をつけるのではなく、たとえばジャケットの左のラペルにボタン穴のような小さな穴があいているから、本物の勲章を意味するバッジのようなものをそこにつけるのだろう。それがポールの言うミニアチュアだ。このミニアチュアはもらえるのではなく、どこかの店舗で自ら購入するものであるようだ。

　自分たちの音楽についてはどう思っているか、という質問があった。自分たちは優れた音楽家ではない、とポールが答えたあと、ではどの程度の音楽家なのかという質問に対して、very adequateとポールは言った。彼はこの言葉を何度か繰り返した。通訳の人はこの言葉を、「非常に悪質」と訳した。veryが「非常に」になるのはいいとして、adequateに「悪質」という意味はない。充分な、という意味は、けっして抜きん出てはいない、というような意味にはなり得るとしても、「悪質」にはならない。

日本でのこの記者会見についての僕のこの文章の題名は、レノンの言葉だ。ロイター通信社の東京支局長が、ザ・ビートルズを子供扱いする質問をし、それに答えたあとでレノンが言った言葉だ。これに対して支局長は、「冗談のような質問でした」と言った。

THE BEAT
16300
ビートルズ
7月1日《金》 6:30
主催＝読売新聞社・中部日本放送
協賛＝ライオン歯磨・ライオン油脂 ／
扉

もとの生活に戻るための努力はしたけれど

ジムという青年は幼い頃に父親から捨てられた経験を持っている。「もとの生活に戻るための努力をしたけれど、駄目だったんだよ」というひと言を残し、幼い自分や妻などそれまでの生活のすべてを捨て父親は姿を消し、それっきりとなった。

そのジムはいまは高校生だ。大学をめざして勉強している。母は自活の手段として小さな雑貨店を営んでいる。ある日、ジムは、高校からの帰り道に、教科書や鞄などを川に捨ててしまい、それらが流れていくのを眺めて笑う、という人になった。彼はここまで成長した、ということだろうか。

彼は家出をする。ワイト島で観光客を相手に半端な仕事をしながら、客の若い女性たちを物色する日々を送る。二年後にジムは自宅へ帰る。母の雑貨店を手伝う。結婚する。妻は子供を生む。そしてある日、その子供や妻、母などを捨てて、ふたたび家出する。一九七三年の英国映画That'll Be The Dayはこういう物語だ。

赤子を乗せた乳母車を押して近所を散歩していたジムが、見知らぬ中年の男性とその幼い息子がひとときをともに楽しんでいる様子を見たとたん、急いで自宅へ帰り、すべてを放り出して出奔する様子は、冒頭で描かれるジムの幼い日々の描写と均衡している。

ワイト島でジムはマイクという青年と知り合う。彼も観光客たちの施設で、釣銭をごまかしながら、日々を送っている。このマイクをリンゴ・スターが演じている。もみあげを含めて、彼の髪型が良い。ジムの髪がワイト島で少しずつ長くなっていき、マイクの髪型と似ていく様子を画面に見るのは楽しい。二年後に自宅へ帰った彼は、髪は短いほうが似合うと母親に言われ、短くする。髪がまだ短いあいだに、ここからの場面を先に撮影したのだろう。

ワイト島での屋内の遊興施設にはクラブのようなところもあり、そのステージにはロックンロール・バンドが出演している。歌っている金髪の男性はビリー・フューリーではないか。役名はストーミー・テンペストだ。ビリー・フューリーを何度ももじっていけば、やがてストーミー・テンペストに到達する。キース・ムーンがドラムスを叩く様子も、ごく短くだが、画面に見ることが出来る。ここを見るだけでも、この映画には価値がある、と僕は思う。リンゴ・スターの出演はこのキース・ムーンの説得によるところが大きかった、と伝えられている。リンゴは当時のインタヴューにこう答えている。

「僕の役、マイクは僕自身の過去の姿だよ。テディ・ボーイだったし、五〇年代の後期にはホリデイ・キャンプでバーテンダーをしたこともあった。偶然の一致がもうひとつ、この映画にはビリー・フューリーが出ているけれど、彼とは少年時代、小学校が同じだったんだ。でも、お互いが顔を合わせることはなかった。僕もビリーも病弱で学校を休みがちだったからね」

映画の終盤、別の場所のステージで、別のバンドと歌手によって、Jailhouse Rockが演奏され歌われる。この場面は良い。バンドのベース・ドラムのヘッドにRock Island Lineと大きく書かれているのが見えた。Rock Island Lineはアメリカのフォーク・ソングだ。イギリスの歌手、ロニー・ドネガンが一九五五年にカヴァーした。よく知られた曲の題名をバンドの名前に転用したのだ。Rock Island Lineは、この映画That'll Be The Dayが制作された一九七三年当時に、オールディーズ風の曲を得意として活躍していたバンドだ。ヴォーカリストの名前はStompin' Steve Woolortonといい、彼によるJailhouse Rockはたいへん良い。映画ぜんたいの音楽を監修したのはキース・ムーンと、ザ・ビートルズの元ロード・マネジャー、ニール・アスピノールだった。

冒頭に近いところで、高校から帰る途中、ジムたちはいきつけの店に寄る。日本になぞらえるなら、喫茶と軽食の店だろうか。ジュークボックスがある。小銭を持ってないか、と常連の若い女性たちに言われ、ジムはジュークボックスでレコードをかける。どうか歌ものではないように、と僕は思った。かかるのは『ローンチー』というインストゥルメンタルだった。これは正解だ。

Raunchyは一九五七年十一月にアメリカのビル・ジャスティスがレコードにした。この曲に関して後年にポール・マッカートニーがインタヴューで語っている。音楽グループを作ろうとしていたジョン・レノンにポールがジョージ・ハリスンを引き合わせたとき、「Raunchyを完璧に弾ける奴がいるんだよ」とポールは言ったという。夜おそくの路線バスの誰もいない二階席で、ジョージはレノンの求めに応じてRaunchyを弾いたらしい。このときのジョージの演奏ぶりは、ポールによれば“Note perfect”であったそうで、それを聴いたジョンは“You're in”とジョージに言ったという。

確か一九七六年のことだったと思うが、僕はこの映画を試写室で見た。銀座のどこかにあった試写室だ。試写で見たということは、この映画をめぐって短い文章を書く仕事を依頼されたから、ということだ。そのような短い文章を書いた記憶がない。映画は見たけれど、その仕事は断ったのだ。これをどうすればいいのか、というような理由を、いまとたいして変わらない端的さで、僕は述べたのだろう。

二〇一九年のゴールデン・ウィークはあと月曜日だけとなった日、九十一分のこの作品を、小さなDVDプレーヤーで見たあと、窓の外は快晴の午後四時過ぎで、人がどこにも歩いていない景色は、じつに静かなものだった。生まれたばかりの赤ん坊とそれを生んだ妻などいっさいを放り出して家出し、なけなしの所持金で中古の電気ギターを買い、弾きかたは知ってるかい、と店主に言われている青年が、この静かな景色のなかのどこかにいるのだろうか、と僕は思った。

Blu-ray Disc
NAT COHEN PRESENTS AN ANGLO EMI FILM GOODTIMES ENTERPRISES PRODUCTION
That'll Be The Day
DAVID ESSEX
ROSEMARY LEACH
RINGO STARR
STORMY TEMPEST
Directed by
CLAUDE WHATHAM
マイウェイ・マイラブ
STUDIOCANAL

それもアストリッドが作った

Backbeatは一九九四年の英国の映画だ。ＤＶＤが日本でも市販されている。題名に続く、監督その他の名前の背後に、モノクロで、一九六〇年当時だと思ってもらえるといいのだが、というリヴァプールの風景が映し出される。これが悪くない。当時そこに存在したリヴァプールとは別の、この映画の出発点としてのリヴァプールだ。

その一九六〇年のリヴァプールから客船に乗り、ドイツのハンブルクに向かうザ・ビートルズの五人の描写から、この映画は始まっている。ジョン・レノン。ポール・マッカートニー。ジョージ・ハリスン。そしドラムスにはピート・ベストがいて、もうひとりのベース奏者だったステュアート・サトクリフの五人だ。ザ・ビートルズはFab Fourなどと呼ばれて四人だが、五人いた日々もあった。

絵を描きたかったサトクリフは、世界を征服しよう、とレノンに熱心に誘われて、メンバーに加わったという。ハンブルクでのライヴ・ステージの日々のなかで、サトクリフが出会ったアストリッド・キルヒヘルという女性との関係をとおして、それまでは芸術と縁の無かったザ・ビートルズが、芸術と接近していく物語だ、と僕は理解した。

ハンブルク時代のザ・ビートルズ、そしてやがてピート・ベストと交代するリンゴ・スターを、画面に見ることが出来る。すべて俳優が演じている。そして彼らの演奏は、そのために用意されたミュージシャンたちが、受け持っている。画面に現れる最後のザ・ビートルズは、セットで再現されたザ・

キャヴァンのステージで演奏している。サトクリフは脳内出血で他界してもういない。ピートはリンゴに代わる寸前だろう。そしてブライアン・エプスタインが彼らのマネジャーになる直前でもある。一九九四年の劇映画のなかに俳優たちによって再現された、一九六二年のザ・ビートルズだ。

　ハンブルクでサトクリフはアストリッドと出会う。ふたりの関係の始まりは、おたがいの一目惚れのように描かれている。アストリッドが彼のヘア・スタイルを変える場面がある。それまでの髪形とは一変したものを、彼は鏡のなかに見せられる。どう？　とアストリッドが言う。それまでのサトクリフの髪形は、長めの髪をうしろにときつけた、よくあるものだった。アストリッドが作ったヘア・スタイルは、ごく簡単に言うなら、芸術だ。その芸術ぶりに僕は感銘すら受けた。

　新しいヘア・スタイルを彼は仲間たちに見せる。評価はまったく低い。仲間たちは彼をからかう。サトクリフは髪をもとに戻そうとする。櫛で髪をときつける。あのように作り直した髪は、櫛でときつけただけでは、もとに戻らない。しかし、サトクリフの髪は、たちまちもとに戻る。なにしろこれは映画なのだから。

　アストリッド・キルヒヘルは写真家だ。ハンブルクにいたザ・ビートルズをモデルに使って彼女が撮影した写真は、ロックンロール青年たちのポートレートを越えた芸術写真として評価されている。その一連の写真が撮影されていく様子が、シェリル・リーの演じたアストリッドの操るローライコードの二眼レフで、再現されていく場面がある。

　出来た写真は封筒に入れられて、ザ・ビートルズのもとに届けられる。封筒から取り出した写真を彼らは観察する。ロックンロール青年たちのポートレートではなく、彼らを素材に使った芸術作

品であることは、彼らといえども感じ取ったのではなかったか。自分たちはアートの素材になった、と彼らがそのとき感じたとすれば、自分たちそのものがアートになり得る、とも彼らは思ったはずだ。自分たちそのものとは、自分たちの音楽のことだ。

ある日のこと、レコード会社の人がザ・ビートルズに話を持ってくる。レコードのために録音する話だ。スーツを着てタイを締めた、痩身のいかめしい雰囲気の中年の男性だ。このような造形にしたかったから、と言うよりも、このような人が業界には多かったのではないか。後年、ジョージ・ハリソンはインタヴューで語っている。

「クラブで演奏していたら、有名なプロデューサーがやって来たんだ。ベルト・ケンプフェルトだよ。聞けば彼はミュージシャンでもあり、アメリカでナンバー・ワンになったヒット曲もあるという。張り切って演奏したね。レコーディングのチャンスなのだから。でも実際はトニー・シェリダンという歌手のバッキング・ヴォーカルだったんだ。僕らはがっかりしたけど、とにかく『マイ・ボニー』のレコードは出せた」

売れるかもしれない、売れないかもしれない、などとベルト・ケンプフェルトらしきレコード会

社の人は言う。トニー・シェリダンもザ・ビートルズも、レコード会社にとっては、その程度のものだったのだろう。

スタジオでトニー・シェリダンは『マイ・ボニー』を歌う。彼のバッキング・バンドはザ・ビート・ブラザーズといったが、これはザ・ビートルズの別名だ。グループからの脱退を決意したサトクリフはスタジオにはいない。まったくビートは感じさせずに、テンポを落として、シェリダンは切々と叙情的に歌う。ザ・ビートルズの青年たちが、別のマイクロフォンでバッキングを歌っている。ワン・コーラスが終わると、一転してテンポの早い、ロックンロールの歌いかたになる。ベルト・ケンプフエルトと思われるいかめしい中年の男性が、うなずく。このほうがいいね、というような意味だろうか。こうしてトニー・シェリダンとザ・ビートルズは、『マイ・ボニー』をロックンロールとして歌い、録音した。それがThe Saintsという曲とＡＢ両面になって、シングル盤で発売されたのだろう。どちらも収録されているＬＰが一九六二年八月に発売され、以後何度も、おなじジャケットのままで、発売された。そのうちのどれかを僕は購入し、いまでも持っている。

シングル盤を集めればＬＰになる、という時代のＬＰだが、いまあらたにジャケットを見ると、そこには発見があった。映画の画面で見るトニー・シェリダンは、一九六二年のＬＰジャケットにいるトニー・シェリダンに、じつに良く似ている、という発見だ。シェリダン役の歌える俳優を選ぶにあたって、トニー・シェリダンによく似た俳優を、製作者たちは選んだのか。映画は終わり、キャストの名前が出演順に画面にあらわれる。そのなかにBERT KAEMPFERTはWOLF KAHLERという俳優が演じた、という意味の文字を見つけた。

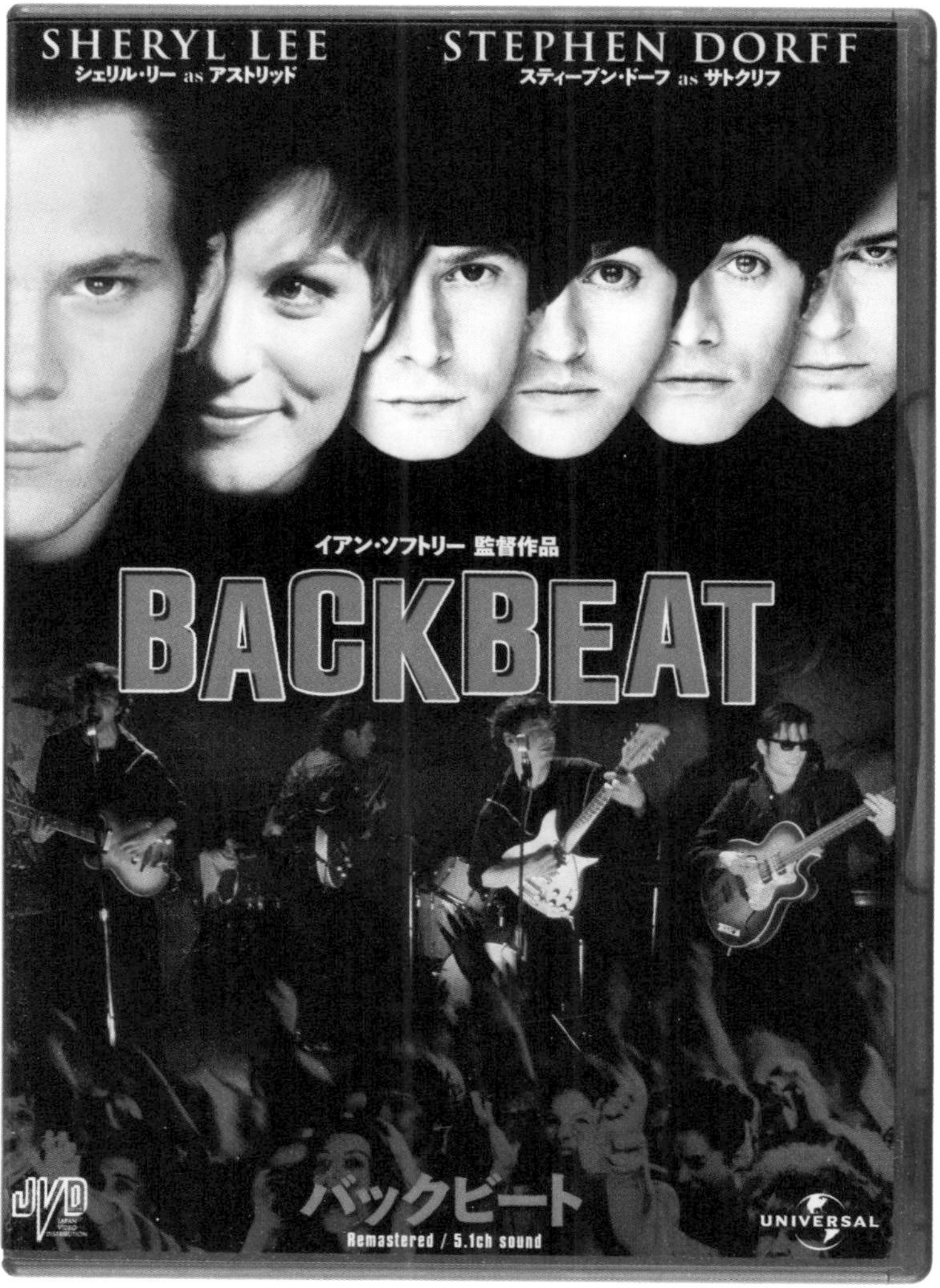

49　それもアストリッドが作った

THE BEETLESと綴られたことは何度もある

一九六四年のザ・ビートルズは初めてのアメリカで演奏旅行をおこなった。二月九日にはＣＢＳのＴＶ番組『エド・サリヴァン・ショー』に出演した。アメリカ滞在中に三度出演したうちの、第一回だ。ニューヨークにいたあいだの四人はプラザ・ホテルに滞在した。これらはすべて歴史上の事実だ。そしてこの事実にコメディとしてのフィクションを重ねたのが、一九七八年に制作されたこの映画I Wanna Hold Your Handだ。

『エド・サリヴァン・ショー』はＣＢＳが日曜日の夜に放映していた、白黒一時間の生中継のヴァラエティ番組だ。一九四八年に始まったＴＶ番組『トースト・オブ・ザ・タウン』の司会者となったエド・サリヴァンは、一九五五年にその番組名を『エド・サリヴァン・ショー』と改題し、一九七一年までその番組は続いた。すでに書いたとおりだ。ザ・ビートルズが出演したのは、改題してから九年後のことだった。何人かの演者が次々に舞台に登場し、なんらかの芸を披露し、司会のサリヴァンと短い話をするという、ただそれだけの番組だ。ザ・ビートルズは、そのような番組での、数多い演物のひとつだった。

中継の本拠地はＣＢＳがマンハッタンに所有していたＴＶスタジオだった。このスタジオは劇場に改装され、観客席と向き合った舞台のある、明らかに小ぶりな、しかし古典的な劇場だ。Studio 50と呼ばれ、歩道に面した外観にはそのように大書されてもいた。ＴＶの生中継だから、舞台には常に少なくとも二台の撮影カメラが出ていて、観客は舞台と同時にカメラをも見ていたのだろう。

このStudio 50が、おそらくセットで、映画の冒頭にあらわれる。来週の、つまりザ・ビートルズが出演する週の演物の名前が、正面のマーキーにアルファベットで告知されている。マーキーには水平に何本も溝があり、裏面に平らな差し込みのあるアルファベットひと文字ずつを使って差し込んでは、演物の名を作っていく。

どの演物もすでにマーキーには名が出来ている。THE BEATLESの名もあるが、そのマーキーに作業員が脚立を立て、THE BEATLESのアルファベットを差し替えている。ふたつめのＥのアルファベットを抜いて、Ａのアルファベットに、いまちょうど取り替えたところだ。マーキーには最初は、THE BEETLESと綴ってあったのだろう。その間違いを指摘されて、作業員はアルファベットを差し替えた。

ザ・ビートルズは、最初の頃はThe Beetlesと綴られることが多く、そのつどさまざまに笑いを生んだ。フォルクスワーゲンの小型乗用車がbeetleの愛称で呼ばれていたこともあり、The Beetlesという誤記はごく普通にあり得た。そのことを踏まえて、The BeatlesがThe Beetlesと綴られて笑いを生んだ数々のエピソードを、この映画はその冒頭でもう一度、視覚的になぞってみせた。

と同時に来週の演物の予告でもあるのだから、その劇場の舞台では、今週の『エド・サリヴァン・ショー』のしめくくりのＭＣを、俳優が見事に演じるエド・サリヴァンがおこなっている。来週はイギリスからザ・ビートルズの四人がこの番組に登場します、とサリヴァンが言うと、観客席からは盛大な歓声が上がる。興奮する観客をサリヴァンはいつもの調子でなだめて落ち着かせ、静

CBS TELEVISION STUDIO 50
CBS TELEVISION STUDIO 50
ED SULLIVAN SHOW
THE GEORGIA TESSIE
BEATLES BROWN O'SHEA
WHITEHALL & PILLSBURY
CBS Restaurant
Cordial BAR
RESTAURANT
CORDIAL
ROMANO'S

かにさせる。今週の『エド・サリヴァン・ショー』が終わって観客たちが劇場を出ていくときには、作業員や脚立はすでにそこになく、マーキーのなかには他の演者といっしょに、THE BEATLESの名がある。

十代の女性たち三人がこの映画の主人公だ。ひとりは写真家をめざしている。ザ・ビートルズが宿泊しているホテルに忍び込んで彼らの写真を撮るなら、それらはかならずや『ライフ』に掲載され、撮った自分はたちまちスターだ、などと抱負をコメディの本気として語る。

彼女はプラザ・ホテルに侵入することが出来る。ザ・ビートルズが宿泊している部屋でベッドの下に隠れていると、四人が部屋に戻って来る。そのうちのひとりは、彼女が這いつくばっているベッドの縁に腰を下ろす。あの忘れがたい形状をしたヒールのブーツを履いた足もとが、ベッドの下にいる彼女の目の前にある、という描写がなされる。ザ・ビートルズの歌の題名がいくつも、登場人物たちの台詞として使われている、という遊びは楽しい。僕がもっとも気にいったのは、プラ

ザ・ホテルのなかで女性の客が言う、『ヘルター・スケルター』だった。
彼女たちの移動そして行動の手段は、葬儀社のよく磨かれた黒くて大きなリムジーンだ、という設定はうまく出来ている。父親の経営する葬儀社から息子が持ち出したリムジーンであり、その息子は自動車の運転などほとんど出来ない、ということだ。「ホテルを警備している警官はリムジーンなら通してくれる」という彼の台詞が楽しい。
三人の若い女性たちは、ザ・ビートルズが出演する二月九日の『エド・サリヴァン・ショー』に間に合う。三人揃って会場に到着する。ここでも劇場を画面に見ることが出来る。劇場のなかには舞台があり、観客席がそれに向き合っている。本物のザ・ビートルズが実際にこの番組に出演したときの映像が、ごくわずかに、調整室にならぶモニターのひとつにあらわれる。これ以外に本物のザ・ビートルズは画面に登場しない。舞台に出て演奏し歌うザ・ビートルズは俳優たちによって演じられたものであり、これもごくわずかに、足もとだけだ。
本物のザ・ビートルズのこの日の映像は、使用するとしたら可能な限りの最小限にしたい、と監督は考えたかもしれない。そのような制約を経由しながらも、ぜんたいとしてはうまく逃げたかな、といったんは思うのだが、あとになってあれこれ思い出していくと、さほどうまく逃げたとも思えない、不思議な出来ばえだ。
ニューヨークの空港に到着したザ・ビートルズの実写フィルムが、この映画の冒頭にある。これからご覧になるこの映画はこのときの物語ですよ、と観客に伝える意味しか持たないこの実写フィルムは、必要なかったと僕は思う。と同時に、調整室にならんでいるモニターの画面に青い色でごく短い時間だけあらわれるザ・ビートルズの映像も、必要ではなかった。じつは本物はいらないのだ。

セットで再現された劇場の正面、そして内部の舞台や客席、エド・サリヴァンを演じる俳優などはたいそう良いのだから、ここにあるこの良さをぜんたいに延長させるべきだった。舞台にいるサリヴァンに呼び出され、ザ・ビートルズが小走りに舞台へ出ていくところは、巧みに撮影した腰から下、あるいは足もとだけでいいではないか。俳優たちを使って、あの四人の足もとだけを再現する。リンゴがドラム・セットに上がっていくところなど、うまく使えそうだ。歌と演奏は、名の知れないミュージシャンたちによる、十四年後の再現のほうが面白いはずだ。

調整室にはモニターが何台もならんでいる。それを見ている中継現場の男たちの、十四年後の再現は愉快なものになるはずだ。彼らに笑える台詞をもっと言わせれば良かったのに。「ジョージが真面目に弾いてるよ。ジョージが弾いてるところをアップにしろ」とか、「奴らの髪形は芸術だね。特にジョンのは、アップで全米に見せる価値がある」とか。舞台にあらわれているときのエド・サリヴァンの再現ぶりは、一定の秀逸さを保っている。この映画をもっと良くするための、すべての指針がここにある。

BLU-RAY + DVD
Featuring 17 great songs performed by The Beatles!
I Wanna
Hold Your Hand
Some girls will do anything to meet their idols.

事実の断片をつなぎ合わせると、それはひとつの美しいフィクションになる

校長がジョン・レノンに停学を言い渡すときレノンは言い返す。このときに表現されるレノンの性格の強さは、たいそう良い。一定のところで維持していくことの出来る強い性格の表現力によって、この俳優はレノンを演じている。なぜ彼がレノンを演じているのか、その理由がここでよくわかる。

エルヴィスのようになるんだ、とのちほどレノンは強く言う。演じられている性格の強さとこの台詞はきれいに整合している。そのエルヴィス当人が画面に登場する。ミシシッピ・アラバマ・フェアがテュペロで開催されたとき、エルヴィスはそこに招かれ、野外の舞台に出て歌った。このときの映像が、ニュースの映像として、ＴＶ受信機の画面にあらわれる。すべてはつながっている。この映画Nowhere Boyを観るにあたって、このつながりをどこまで、どのように理解するか、きわめて大事だ。

ホナーの小さいブルース・ハープが登場する。レノンから受け取って母親のジュリアが吹いてみる。ごく短く彼女は吹く。顔を伏せた姿勢で撮影されている。ひょっとしたら、あの短いハープの音は、彼女の自前ではないのかもしれない。四弦バンジョーをジュリアは弾いてみせる。かなりうまく弾く。『マギー・メイ』という曲だ。マギー・メイとは誰ですか、とレノンに訊かれて、娼婦よ、と彼女は答える。バンジョーを弾くことをレノンが試みる。ごく短い時間のなかで、彼はうまくなっていく。

このことが、ザ・クオリーメンの演奏につながっている。教会でおこなわれたバザーの余興として、ザ・クオリーメンは簡単な仮設のステージであるトラックの荷台に登場する。地元の青年たちが演奏と歌を披露します、と紹介されるザ・クオリーメンの名前をここに書いておこう。ピート・ショットン。エリック・グリフィス。ロッド・デイヴィス。そしてジョン・レノンだ。このバンドはレノンが作った最初のバンドだ。彼等は『マギー・メイ』を演奏する。悪くない。ポール・マッカートニーが観客のなかにいる。彼はこの舞台のあとでレノンに紹介される。

そのポールがジョンとふたりでBlue Moonという曲を演奏する場面がある。音楽に関してはジョンよりもポールのほうが、はるかに上にいることが、ここで表現される。天才に準ずる人、という設定ではないか、と僕は感じた。Blue Moonは一九三四年にリチャード・ロジャースが作曲し、ロレンツ・ハートが歌詞をつけた傑作だ。「三つのコードで間に合う」とポールは言い、Dで出て次はＢｍのコードをジョンに教える。ジョンがＢｍを押さえると、「それはバンジョーのコードだ」とポールは言う。ジュリアのバンジョーはこんなところにつながっている。

僕はBlue MoonをCメイジャーの曲として記憶している。簡略にするとこうもなる、という見本だ。歌詞が始まるとまず、Blueという一語に四分音符がひとつあたえられ、Cのコードが支える。続くMoonには二分音符ひとつと、第三小節にある八分音譜八つのうちの、いちばん最初のひとつが、あたえてある。コードはＡｍだ。続く歌詞はYou saw me standing aloneであり、最後のaloneは次の小節の二分音譜ひとつと、第五小節にある八分音譜八つのうちの、最初のひとつとが、aloneの音がのびていく部分となっている。八分音譜の前半はF、そして後半はＧ7であり、aloneの音がのびていく部分は、前半がCで後半はＡｍだ。この八分音譜八つの魔法が、一音ずつ下がりながら、ぜんたいとしては三度、繰り返される。二度目の八分音譜七つにあたえられた歌詞は、Without a dream in my heartであり、三度目では、Without a love of my ownとなっている。このownは二分音譜ふたつ分のびたのち、四分休符ひとつをへて、ふたたびBlue Moonと、繰り返される。最初から第九小節の前半まで、Blue Moonの原曲を文章で書くと、以上のようになる。

レノンやマッカートニーのグループにジョージ・ハリスンが加わる場面がある。夜の路線バスの

二階の座席だ。座席はすべて進行方向に向けてならんでいる。その座席にすわる彼らをうしろから撮っている。メンバーになりたければなにか弾いてみろ、と言われてハリスンはギターを渡される。彼はそのギターをかかえて弾くのだから、当然のこととして彼の体は斜めに通路に向くことになる。したがってギターを弾くジョージだけが、右斜めうしろから撮影されている。彼はRaunchyという曲を弾く。この次の場面は彼らがステージに出て演奏している場面で、曲はRaunchyだ。彼らの演奏は格段にうまくなっている。ジョージ・ハリスンの参加がいかに大きかったかが、このようなかたちで描かれる。マッカートニーがレノンに、「自分にとってロックンロールは音楽だ、純粋な音

楽だ」と真剣に言う場面もある。レノンにとってロックンロールとは、まずは不良たちとの喧嘩沙汰だった。

　レノンが最初のギターを手に入れる描写がある。ミミ伯母さんと中古の店へいき、展示してあるもののなかから選び、値切って買う。商談は成立するが、中年の店主は、「これじゃまるで泥棒だよ」と自分に言う。そのミミ伯母さんが、レノンに腹を立てて、手に入れたギターを売り払ってしまう。中古の店へ急いでレノンがいってみると、そのギターには五ポンドの値段がつき、他の何本ものギターとともに、壁にかけてある。レノンはジュリアのところへいき、五ポンドを借りて中古の店へいき、ギターを買い戻す。ジュリアに出してもらった五ポンドで買い戻した、とレノンはミミ伯母さんに言う。後日、ミミはレノンにギターを買って贈る。レノンが自宅へ帰ると、そのヘフ

ナーのギターは、椅子の上に立てかけてある。

ジーン・ヴィンセントがなんらかのかたちで、どこかにかならず登場するはずだ、と僕は確信した。Be－Bop A Lulaという歌が、画面の背景にかなり長く使われていた。リヴァプールのジャズ・クラブだったキャヴァンも出て来るはずだ、と僕は思った。なんといっても彼らのゆかりの地なのだから。しかし、レノンやマッカートニーたちのグループがキャヴァンのステージで演奏し歌う場面は、どう間違っても登場しないほうがいい。そのとおりになった。代わりに撮影されたのは、キャヴァンのある街なみを酔ったレノンがひとりで歩いていく場面だった。あの通りに面して、キャヴァンも含めてどのような建物がならんでいたのか、その雰囲気はよくわかった。キャヴァンのアーチになった入口に取りつけてあった、小さなピンク色のネオン管が再現してあり、CAVERNと読めた。おそらくキャヴァンの開場を待っているのだろう、若い人たちがキャヴァンの前の通りにたくさんいた。

ミミ伯母さんがレノンに、眼鏡をかけなさい、と注意する場面がいくつかあった。最後に近いところでもそれはあり、注意されたレノンはポケットから眼鏡を取り出してかけるのだが、自宅を少し離れると眼鏡をはずしてしまう。彼が眼鏡をかけた様子は、この映画のいちばんおしまいの部分では、バディ・ホリーによく似ていた。時間をかけて少しずつ、バディ・ホリーに似ていったような気がする。レノンたちのバンドの演奏や歌が、うまくなっていく様子のごく簡単な描写の積み重ねは、自分たちのグループはハンブルクへいって演奏する、とレノンがミミ伯母さんに伝える場面での、説得力として作用していた。ハンブルク、とレノンに言われて、ミミはその地名を復唱する。

そのあと、humbugと、ミミは低い声で言う。ハンブルクと言われて、多くの人がなんの無理もなく連想する言葉は、humbugだ。

ザ・ビートルズ、という呼称が一度もこの映画のなかにあらわれないのは、英断のひとつだと言っていい。ザ・クオリーメンの名は、教会のバザーの場面に、大きくあった。ザ・クオリーメンと書いた紙が、地面に置いた物品に立てかけられていた。ザ・クオリーメンの名は出すけれど、ザ・ビートルズの名は出さない、という判断だ。事実の断片をいくつもつなぎ合わせると、そこに生まれるのはひとつの美しいフィクションである、と教えてくれる映画だ。

AARON JOHNSON ANNE-MARIE DUFF AND KRISTIN SCOTT THOMAS
NOWHERE
BOY
A FILM BY SAM TAYLOR-WOOD
AS A BOY ALL JOHN LENNON NEEDED WAS LOVE

ジャッキー・デシャノンと飛行機のなかでモノポリー

このインタヴューの動画集を作ったセス・スワースキーは一九六〇年生まれのアメリカの人だ。多くの歌手に楽曲を提供し、ヒットは多く、二十二歳のときにはグラミー賞にノミネートされた経歴を持つ。自ら歌う歌手でもあり、ソロでもデュオでも、数多くの歌を発表してきた。

ある日、彼はヴィデオ・カメラを購入し、取材の旅に出た。なんらかのかたちでザ・ビートルズとかかわった人たちをインタヴューし、彼ら彼女らが語る様子をそのヴィデオ・カメラで撮影した。一本の映画にまとめて劇場公開されたとき、インタヴューを受けた人たちは五十人を越えていた。このＤＶＤではさらに十数人が追加されている。完成したのは二〇一一年で、日本で劇場公開されたのは二〇一三年だった。

初めてのアメリカで公演し、『エド・サリヴァン・ショー』に出演した一九六四年を、かつて、という遠い過去だとすると、二〇二〇年とのあいだには、五十六年という時間が経過している。ザ・ビートルズの四人と、あるいはそのうちのひとりと、会って話をしたことのある人たちや、仕事の上で深く関係した人たちは、たくさんいる。だから彼らの誰もが、ザ・ビートルズと自分との思い出を持っている。思い出とは彼らひとりひとりのザ・ビートルズ体験であり、言いかたを変えるなら、それらはすべて、私のビートルズであり、言いかたをもう一度変えるなら、ビートルズ・ストーリーともなる。そしてそれが、この映画の題名Beatles Storiesだ。

どの人の語りも興味深い。アート・ガーファンクルが語っていたことを、紹介しておこうか。ガーファンクルがレノンに会ったとき、そちらのポールさんとふたたびステージに出て歌う気持ちはどんなでしたか、とレノンに訊かれた。素晴らしい気持ちでした、あんなにいいことは初めてでした、とガーファンクルは答えたそうだ。もっと強調して語ればよかったかなあ、とガーファンクルはうれしそうに語っている。

そちらのポールさんとは、ポール・サイモンのことだ。こちらにもポールさんがいて、それはポ

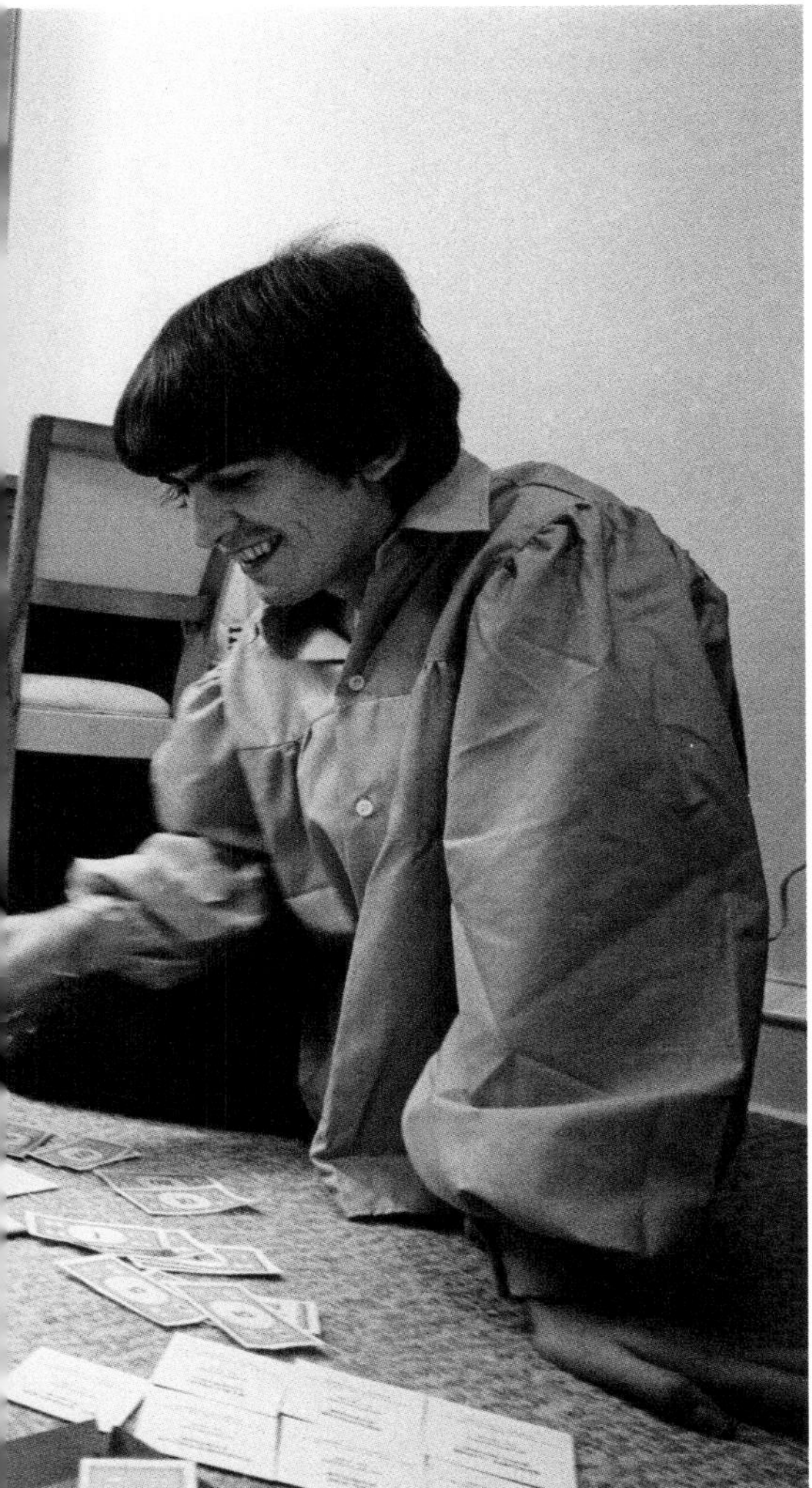

ール・マッカートニーだ。この映画に登場する誰だったかが、次のように語っていた。レノンはハリスンとはろくに口をきかず、歌うときのハリスンはマイクロフォンをマッカートニーと共有していたほどだよ。別の誰だったかが、次のように語ってもいた。ザ・ビートルズとは、レノンにとっては、自分とマッカートニーのふたりか、あるいは、自分ひとりのことだったからね。

ザ・ビートルズの一九六〇年代の公演ポスターを見ていくと、前座にジャッキー・デシャノンの名前があるのを発見したりする。二〇一〇年あるいは二〇一一年の彼女がこの映画の画面にあらわれ、一九六〇年代の自分について語る。前座としてザ・ビートルズといっしょに飛行機で移動するときは、ザ・ビートルズは機体の前のほうに余裕のある座席を持ち、立ったりすわったり歩きまわったり、自由に出来ていた。前座の自分は機体のうしろのほうに閉じこめられたかのようにいて、座席からは動くなと言われ、ひとりギターを弾いて曲を作っていたりすると、そこにジョージがギターを持ってあらわれ、ふたりでギターを弾いては話をすることもあったという。このような語りの絵解きのように、当時の白黒の映像が画面にあらわれる。当時のジャッキーが、そして当時のジョージが、その映像のなかにいる。ジャッキーはモノポリーというボード・ゲームが好きで、ジョージを相手にふたりでモノポリーを飛行機のフロアで始める。その模様をとらえた映像もある。「勝ったのは、おそらく彼よ」と、そのときから五十年後の彼女が、笑いながら語る。

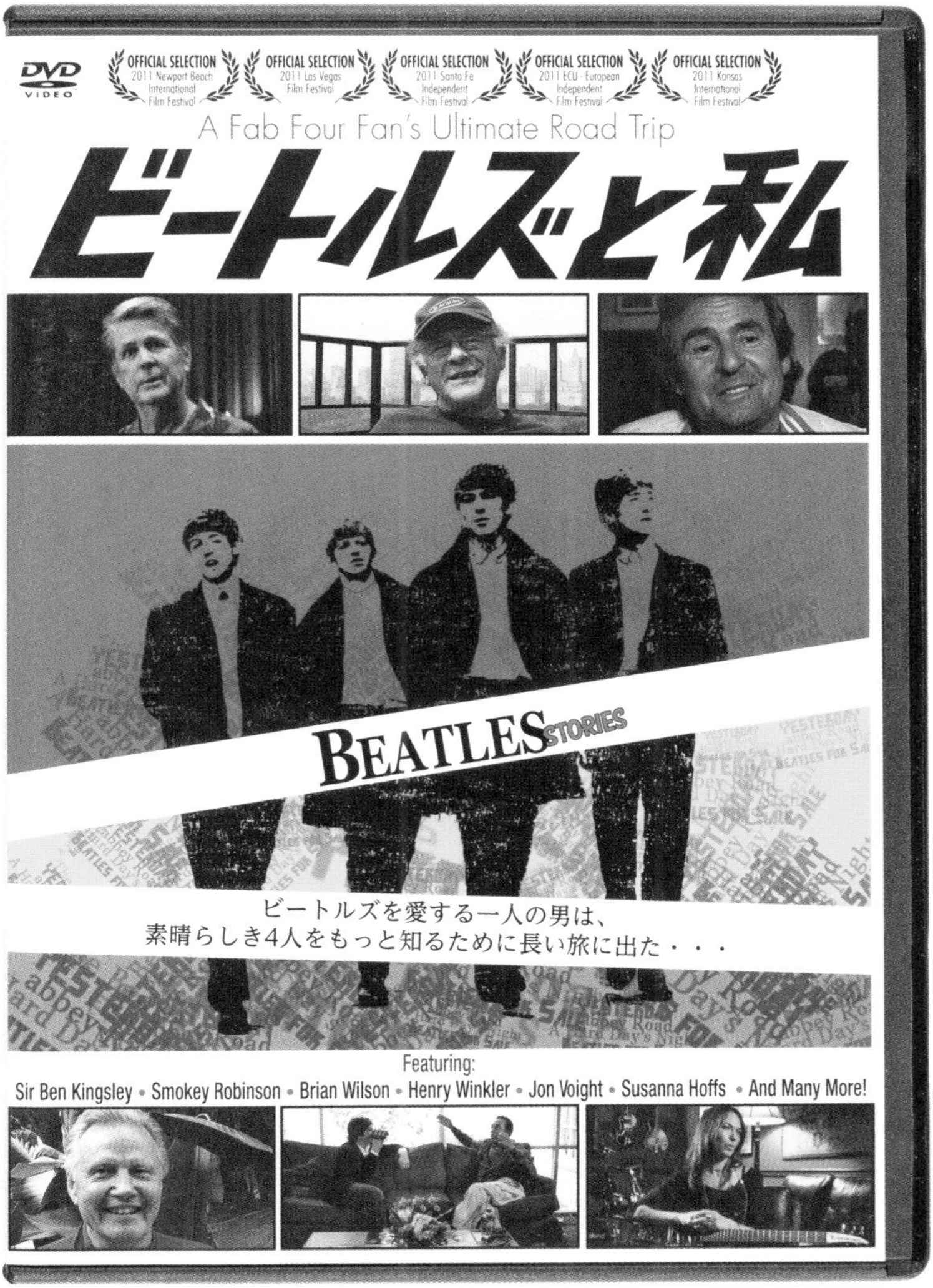
DVD VIDEO
OFFICIAL SELECTION 2011 Newport Beach International Film Festival
OFFICIAL SELECTION 2011 Los Vegas Film Festival
OFFICIAL SELECTION 2011 Santa Fe Independent Film Festival
OFFICIAL SELECTION 2011 ECU - European Independent Film Festival
OFFICIAL SELECTION 2011 Kansas International Film Festival
A Fab Four Fan's Ultimate Road Trip
ビートルズと私
BEATLES STORIES
ビートルズを愛する一人の男は、
素晴らしき4人をもっと知るために長い旅に出た・・・
Featuring:
Sir Ben Kingsley • Smokey Robinson • Brian Wilson • Henry Winkler • Jon Voight • Susanna Hoffs • And Many More!

Please don't write anymore.

ドキュメンタリー映画を作る人であるライアン・ホワイトは二〇一三年にこの映画を完成させた。題名はGood Ol' Fredaといい、おなじ年の十二月に日本で公開されたときの題名は、『愛しのフリーダ』だった。この題名でＤＶＤが日本で発売されている。つい二、三日前に僕はそれを観た。いい作品だ。観てよかった、と思っている。

　リヴァプールのザ・キャヴァンという店にザ・ビートルズが初めて出演したのは一九六一年だったという。一九五八年頃にはまだザ・ビートルズという名称ではなく、自分たちのバンドの名をどうすればいいか、ジョン・レノンは模索していたそうだ。いろんな名前を彼は考えた。そのなかにはJAPAG3というのもあった、とフリーダは語っている。ジョン・アンド・ポール・アンド・ジョージ・スリーだ。ブライアン・エプスタインがザ・ビートルズのマネジャーになったのは一九六二年の一月だ。ドラムスのピート・ベストを解雇し、やがてザ・ビートルズを名乗る彼らとは旧知だったリンゴ・スターを、ドラムス奏者にした。

　フリーダ・ケリーは一九六一年には十七歳でリヴァプールの高校を卒業して会社に勤め、働いていた。同僚に誘われてある日の昼休み、ザ・キャヴァンを彼女は初めて訪れた。地下にある煉瓦造りの空間で、おもての道の向かい側には果物店があり、腐った果物の匂いは常にザ・キャヴァンに立ちこめ、ザ・キャヴァンじたいの人の汗や流れないトイレットなどの匂いと混じり合い、ザ・キヤヴァンは臭いところだったという。

　フリーダはドラムスがピート・ベストだった頃のザ・ビートルズを見た人の一人だ。彼はハンサムで多くの人に好かれていた、とフリーダは語っている。ピート・ベストを見たということは、そのドラムスがリンゴ・スターに替わるのも、フリーダは直接に目撃していたはずだ。初めてザ・キャヴァンの客となったフリーダは、ひと目でザ・ビートルズが好きになり、それ以後、毎日のようにザ・キャヴァンへかよったという。

　彼女がブライアン・エプスタインに誘われてザ・ビートルズの秘書になったのは一九六二年のことだ。エプスタインは多くの人たちから、エピーという愛称で呼ばれていた。このことを僕は初めて知った。この一九六二年には、ザ・ビートルズは最初のシングルのLove Me Doを録音している。アビー・ロードのあのスタジオは、まだＥＭＩスタジオと呼ばれていた。ふた月あとには二枚目のシングルとなったPlease Please Meを録音し、リヴァプールで最大のエンパイア劇場に出演した。

　フリーダ・ケリーは多忙をきわめたようだ。ありとあらゆる用事や仕事を、彼女はエプスタインから受けとめた。一九六三年にザ・ビートルズはザ・キャヴァンに最後の出演をし、一九六四年にはファン・レターが一日に三〇〇〇通は届くようになった。エプスタインの父親が営んでいたネムズという家電の販売店があった建物の二階の一室で、フリーダは仕事をした。そこにエプスタインの事務所もあったからだ。

　一九六五年のザ・ビートルズはＭＢＥ勲章を授けられた。六七年にはエプスタインが死去し、七〇年にザ・ビートルズは解散した。七二年にはフリーダは結婚して男の子供を産み、エプスタイン

の事務所を退職した。フリーダが深くかかわっていたザ・ビートルズ・ファン・クラブも正式に解散した。この項目の題名として僕が使った短い英文は、ファン・クラブの会報もかねて定期的に刊行されていた雑誌の、いちばん最後にフリーダが書いたひと言だ。

　この映画の途中でLove Lettersという歌が画面に重なる。この歌がなぜここで、と僕は思った。最後にもう一度、おなじ歌があらわれる。ケティ・レスターという女性歌手が歌っている。なぜこの歌が、と僕はふたたび思った。十代だった頃のフリーダ・ケリーは毎日のようにザ・キャヴァンの客となった。店が一日の営業を終えるとき、この歌がかならずレコードから再生され、店内に流されたという。フリーダはこの歌が大好きなのだそうだ。

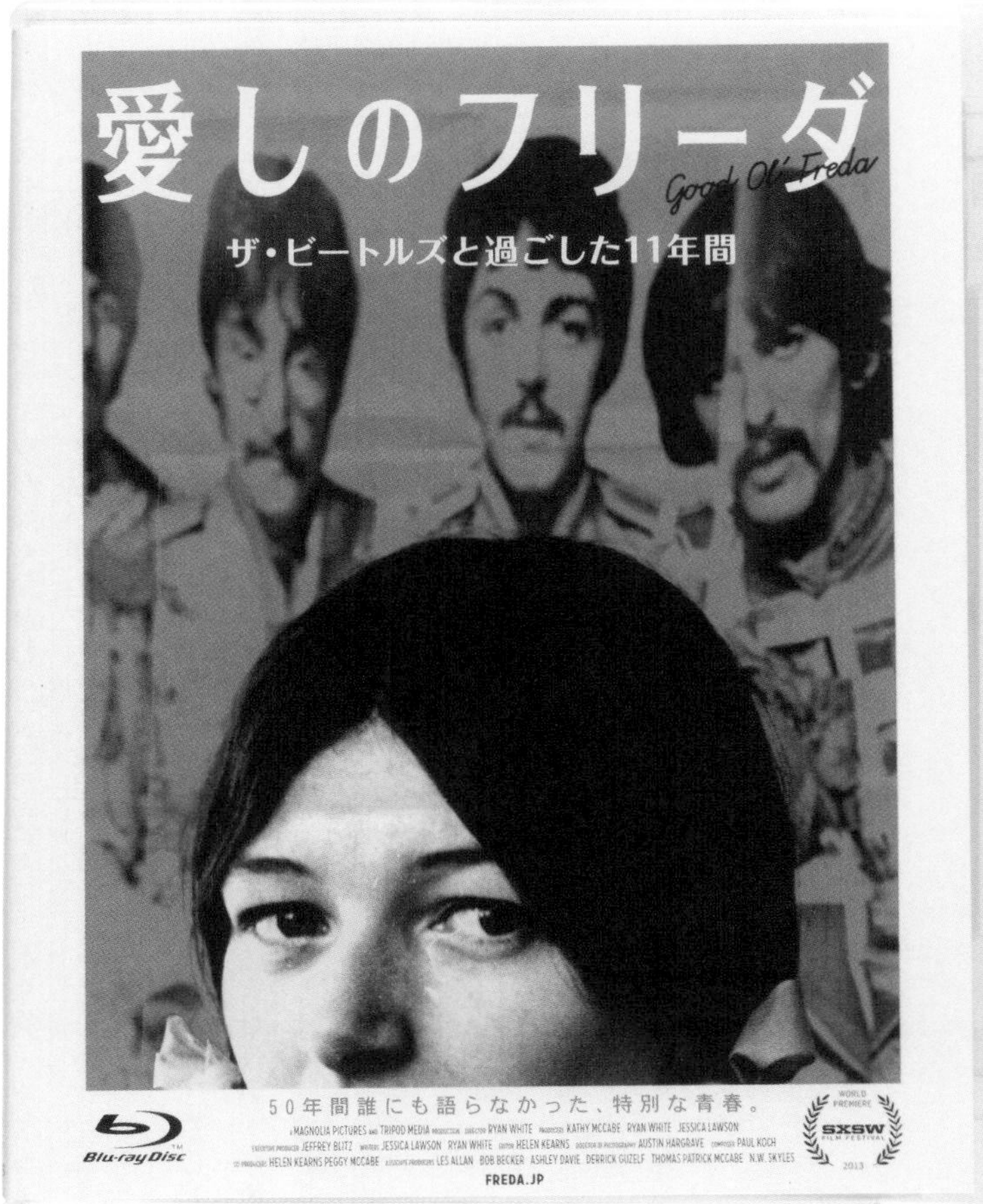
愛しのフリーダ
Good Ol' Freda
ザ・ビートルズと過ごした11年間
50年間誰にも語らなかった、特別な青春。
Blu-ray Disc
MAGNOLIA PICTURES TRIPOD MEDIA RYAN WHITE KATHY MCCABE RYAN WHITE JESSICA LAWSON
JEFFREY BLITZ JESSICA LAWSON RYAN WHITE HELEN KEARNS AUSTIN HARGRAVE PAUL KOCH
HELEN KEARNS PEGGY MCCABE LES ALLAN BOB BECKER ASHLEY DAVIE DERRICK GUZELF THOMAS PATRICK MCCABE N.W. SKYLES
FREDA.JP
WORLD PREMIERE
SXSW FILM FESTIVAL
2013

今度は
ボブ・ディランを
DVDで観る。

そこは去らなければならない楽園だった

ジョージ・ウェインとアルバート・グロスマンが考え出して実現させたニューポート・ジャズ・フェスティヴァルは一九五四年から始まった。裕福な人たちが夏を過ごす避暑地でジャズをライヴで提供する、という試みは成功した。このジャズ・フェスティヴァルから派生して一九五九年に始まったのが、ニューポート・フォーク・フェスティヴァルだ。ポピュラー・ソングのひとつの形態として、あるいはそうではないものでも、フォーク・ソングの流行は、一九五〇年代のなかばにはすでに始まっていた。

ポピュラー・ソングではないフォーク・ソングは、ただ単に文化的なものであるだけではなく、始まったときからポリティカルなものだった。フォーク・ソングはそもそもポリティカルなものだった、という言いかたをしたほうがいいかもしれない。みんなでいっしょに歌い、そのことをとおして連帯感をつちかい、人々の気持ちがひとつの社会的な力のようになると、その力は社会のありかたを正しい方向へ持っていく、という夢が前方にあった。ごく普通の人たちの気持ちを、フォーク・ソングはひとつにまとめる表現力となった。伝統的な歌の歌詞を変更して歌うと、人々の気持ちは過去とつながると同時に、その過去は現在に生きることにもなった。フォーク・ソングは、したがって、トピカルな歌だった。トピカルな歌は、現在のシステムを批判すると同時に、未来における理想を描く力も発揮した。

一九六三年のニューポート・フォーク・フェスティヴァルに登場したとき、ボブ・ディランはすでにフォーク・ソングの世界の新しいスターだった。七月二十六、二十七、二十八、金、土、日の三日間、社会正義をより多くの聴衆に向けて発する人として、もっとも期待されていたのがボブ・ディランだ。このときすでに彼は完璧と言っていい状態にまで出来上がっていた。先行者たちのすべてを彼は大きく抜いていた。あの髪、顔立ち、表情、声、喋りかた、歌いかた、ステージでの動き、短い語りなど、あらゆる点において、フォーク・ソングに興味のある人たちにとっての政治的な関心事が、ディランから強力に発散され、それは彼らに届いてもいた。彼が自作の歌を歌えば、その歌詞は予言的だと評された。予言的とは、前方のどこかへ向けて進んでいく力、と解釈しておくといい。

七月二十六日午後の、誰もが気楽に接することの出来るワークショップで、ディランはドク・ワトスンやクラレンス・アシュレイ、ジュディ・コリンズたちと舞台を共にし、すでにスターだったジョーン・バエズとは、With God On Our Sideをデュエットした。この歌をふたりは、夜のステージでもデュエットで歌った。おなじ舞台でBlowin' In The Windを彼が歌ったときには、ザ・フリーダム・シンガーズとピーター、ポール・アンド・メアリーそしてジョーン・バエズが一緒だった。この歌は多くのさまざまな歌手によってカヴァーされている。この時代のアメリカのヒット曲をマレーネ・デートリッヒがドイツ語で歌ったＬＰのなかにも、Blowin' In The Windがある。

一九六三年、六四年、六五年と三度にわたってこのフェスティヴァルに出演して歌ったディランを、撮影角度が変わることのない、カメラのほとんど動かないままの、そして説明や解説などのヴ

ォイス・オーヴァーなどいっさいない、動画の映像で見ることが出来る。いちばん最初にあらわれるディランは、一九六五年七月二十四日午後のワークショップでの、All I Really Want To Doを歌う彼だ。この画像だけが時間順ではなく、ここからあとはほぼクロノロジカルな配列だ。

歌うディランと彼を受けとめる観客を、十七曲にわたって、再生したＤＶＤの画面で観ることが出来る。観ていると次第にわかってくることがある。彼の歌はどれも長いけれど、その長さはストーリーを語るための長さではない、ということだ。歌詞はひと言で表現して予言的ではあるけれど、聴いている人たちは笑わない。ザ・キングストン・トリオによる『物のかたちのバラッド』のように、客を笑わせる歌ではない。必ずしも平明ではない歌詞を歌として受けとめながら、それを歌うボブ・ディランその人を見ている人たちがおこなうのは、それぞれにイメージを描いていくことだ。イメージには出来ばえの差があって当然だが、ディランの歌う歌詞が発端になっていることは明らかであり、聴衆のひとりひとりにとって、自分で自分のなかに作ったイメージがある程度以上にまとまる

なら、その人にとってディランの歌はcame acrossした、ということになるのではないか。

一九六五年のフィルムは、七月二十四日午後のワークショップで歌った二曲のあと、ステージ上でのリハーサルの場面となる。ポール・バタフィールドのいないザ・ポール・バタフィールド・ブルース・バンドにディランが電気ギターで加わり、マイク・ブルームフィールドとおたがいに気持ち良さそうに反応し合ってギターを弾いている。このマイク・ブルームフィールドのエレクトリック・ギターの音を聴いた瞬間、監督のマレイ・ラーナーは、それだよ！　と叫んで思わずステージに駆け上がったという。

「マイク・ブルームフィールドのような電気ギターの音は、それを受けとめる人の体にくるんですよ」と、ラーナーはインタヴューで語っている。体にくる、としか言いようがないのだろう。アクースティック・ギターの演奏については、さまざまな言説が可能だ。ブルームフィールドほどの電気ギターだと、奏者としての演奏を続けながら、これなんだよ、これ、とでも言うほかなく、受けとめるほうとしては、「これ」が「体にくる」のを全面的に許容するほかない。電気ギターによるブルームフィールドのブルース奏法を常に越えているのは、自分の電気ギターにおける、電気の使いかただ。

このごく短いリハーサル風景は、二十五日の夜のステージを充分に予感させる。このバンドとともにディランは、Maggie's FarmとLike A Rolling Stoneの二曲を、自らも電気ギターで演奏し歌う。

NEWPORT FOLK FESTIVAL

このあと、ディランはアクースティック・ギターに持ち替え、Mr. Tambourine ManとIt’s All Over Now, Baby Blueの二曲を歌ってステージはそこで終わる。アクースティック・ギターに持ち替えて歌う前に、Ｅのハーモニカを持っている人はいませんか、いたら貸してください、と客に呼びかける。自分のハーモニカが見当たらないからだ。Ｅのハーモニカはステージにすぐに届き、礼を言いながらディランはそれをホルダーに固定し、やがて歌い始める。

『ボブ・ディラン　ニューポート・フォーク・フェスティヴァル　’63-’65』というＣＤが存在していて、そのＣＤの十八曲目が、E-Harmonica となっている。Ｅのハーモニカを持っている人がいたら貸してください、とボブ・ディランが観客に言い、一本のハーモニカが「投げ込まれた」と、ライナーにある。

ディランはそのハーモニカを吹いてみた。Ｅだということは、吹いてみればすぐにわかる。ディランはカポタストの位置を変え、Mr. Tambourine ManをＥのキーで歌った。この曲を譜面で見るとキーはＦだ。その次の歌が一九六五年のニューポート・フォーク・フェスティヴァルでの最後の歌になった、It’s All Over Now, Baby Blueだ。

ディランがエレクトリックになったことに対して、このときの観客からたいへんなブーイングを受けた、としばしば語られている。賛意の喝采。意味のない歓声。ブーイング。この三種類がほぼ均等に重なっていた、とマレイ・ラーナーは言っている。彼がエレクトリックになったことに対して大きなブーイングを受けた、という伝説に、解釈の余地はある。電気が持っている力ゆえの、エレクトリックになって当然だという考えの、誇張された表現としてのブーイングだ、という解釈だ。

The Other Side Of The MirrorというＤＶＤについているブックレットに次のような引用がある。ディランが自分で書いた自伝である、Chronicles Vol.1からの、次のような引用だ。

> The fork music scene had been like a paradise that I had to leave, like Adam that had to leave the garden. It was just perfect.

一九五〇年代のなかばには出来始めていたフォーク・ソングの世界は、一九六一年の一月にディランがニューヨークに出て来たときには、すでに完成していた。完成していたとは、それ以上の展開の可能性はもはやどこにもなかったということであり、あったのは思いのほか早くに下降していく時間だけだった。完璧に出来上がっていたニューヨークのフォーク・ソングの世界は、他の場所から来てそこに加わったディランにとって、確かにエデンの園にたとえることの出来た楽園だったろう。そこは楽園だった、と書いたディラン自身、フォーク・ソングの歌手と呼ばれて、すでに完成の域に達していた。最初のＬＰ、続く二枚目のＬＰを見たり聴いたりするだけでも、そのことは一目瞭然だ。フォーク・ソングの歌い手として、これ以上は望めないという完成の地点に、ディランはすでに到達していた。

一九六五年の夏に向けて、自分で考えて結論を出すための時間は、ディランには充分にあった。フォーク・ソングの歌手として人々からとらえられるのは当然だとしても、自分はそうではないし、ましてやプロテスト・ソングの歌い手ではないのだと、彼は何度も言っていた。自分の歌にメッセージはない、とも言った。歌詞にメッセージがなければ、その歌がプロテスト・ソングであるわけがなく、予言的でもなければトピカルですらない。

歌うディランをとらえたこの映画では、すでに書いたとおり、基本的に撮影カメラはまったく動かない。歌う彼が画面にいるときは、彼とその歌を受けとめるほかない。ひとつの歌が長く続く。歌詞が長いからだ。聴いている人たちは、じっと聴いていなくてはいけない。その様子が存分にフィルムにとらえてある。

聴くしかない人たちに、ディランは聴かせている。そのことに向けて、ディランは力を発揮している。その力は半端ではない。彼はなにを聴かせているのか。あの歌いかたと声がメロディを現出させ、伴奏のアクースティック・ギターがそれに重なる。歌われるのは歌詞だ。自分の歌にメッセージはない、と当人が言っている。しかしフェスティヴァルの夏の観客は、聴いている。受けとめている。ディランの歌の歌詞、つまり詩を。ディランの言葉を彼らは音声として受けとめ、頭のなかで次々に追っている。

受けとめるディランの言葉をきっかけのように使って、足がかりのようにして、誰もがそれぞれに、ほぼ自動的に、イメージを作っていく。歌うディランの歌詞の言葉に触発されて、聴いている人たちの頭のなかに、ディランによって歌われた歌詞に添いながらも、それとは別にもうひとつ、イメージが作られていく。自分のなかに出来ていくこのイメージに、ある程度以上の手応えがあった場合には、ディランの歌は充分に自分に届いた、ということになるのだろう。すでに書いたとおりだ。

ニューヨークにあったフォーク・ソングの世界が完璧な楽園だったとは、アクースティック・ギターに代表されるフォーク・ソングの世界ぜんたいに関して、当時のディランはすでに、明らかな限界を見ていた、と僕は解釈している。フォーク・ソングの世界のすべてが、完成されたスタイルだった。完成されたスタイルの内部ではなく、その外側にある不定型さのなかにい続けたいと願うなら、フォーク・ソングの世界からは去るほかない。アクースティック・ギターによる届きかたや力に対して不足を感じ始めていたなら、ギターはエレクトリックになる他ない。

BOB DYLAN　NO DIRECTION HOME　THE SOUNDTRACKというＣＤがある。ザ・ブートレッグ・シリーズの第七集として市販されている。このＣＤの一曲目はWhen I Got Troublesという歌で、ボブ・ディランが歌うのを高校の級友のリック・カンガスという人が、ホーム・レコーディングしたものだという。一九五九年のことで、ボブ・ディラン自作の歌が録音されたのは、この録音が最初だそうだ。

二曲目もホーム・レコーディングだ。一九六〇年八月、クリーヴ・ペタスンという人がクリーヴランドのラジオ・シャックでテープ・レコーダーを購入し、さっそく地元のフォーク歌手や歌う仲間たちの歌を十二曲、録音した。そのなかのひとりが当時のボブ・ディランで、彼はWagoner's Ladという以前から伝わる歌の歌詞を変えて歌っている。そのときの題名はRambler, Gamblerだった。

ボブ・ディランの歌がどの方向を目ざしていたか、この二曲を聴くだけでもよくわかる。さらに三曲目と四曲目を聴くと、そうか、こうだったのか、と思う。三曲目はThis Land Is Your Landで、録音された場所は、あのカーネギー・ホールの隣にある、チャプター・ホールという小さなホールだ。四曲目はSong To Woodyで、これはディランの最初のLPからだ。書かずにはいられなかったから書いた歌だ、とディラン自身が言っている。

一九五八年以前のホーム・レコーディングが見つからないものか、と僕は思っている。もしそんなものがあったなら、そこに録音されている歌が、僕の好きな冗談として、リトル・リチャードのSlippin’ And Slidin’だとじつに喜ばしい。彼はロックンロールの影響を受けてリトル・リチャードになりたかった人でしょう、その歌はかならずや何度も歌ってるはずですよ、と友人のひとりは言う。一九六九年四月、サンフランシスコのウィンターランドで、ザ・バンドのデビュー公演が開催された。アンコールに応えてザ・バンドが演奏したのはSlippin’ And Slidin’だった。

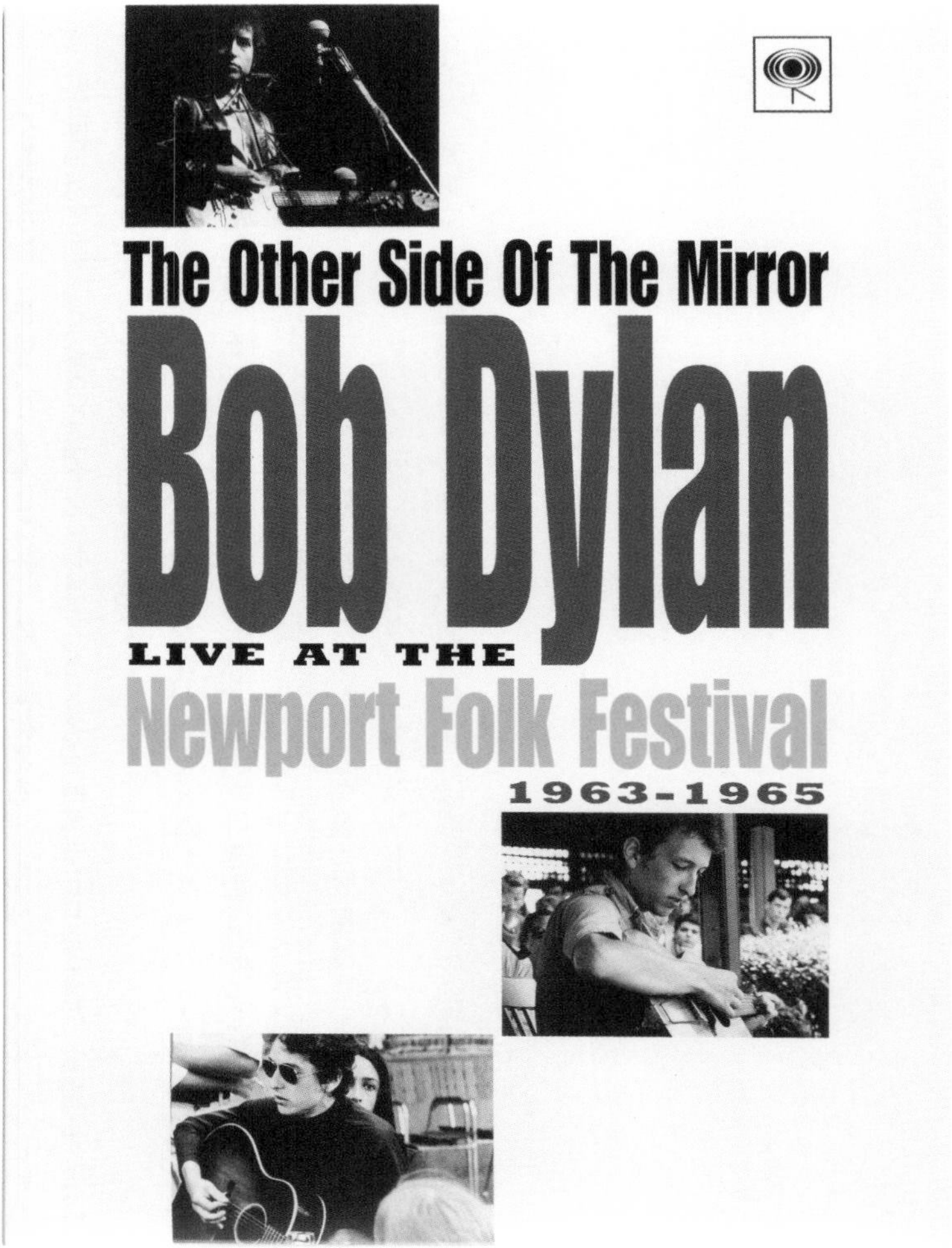
The Other Side Of The Mirror
Bob Dylan
LIVE AT THE
Newport Folk Festival
1963-1965

意味のつながりなどまったくない配列のなかに

No Direction Homeは二〇〇五年にマーティン・スコールセッシのコピーライトになっているドキュメンタリー映画だ。日本語の題名はないようだ。たとえば『帰路無道標』と表記して、音声では『ノー・ディレクション・ホーム』と読めば、それはそのまま、No Direction Homeとなる。二枚のＤＶＤディスクに収録されている。ディスク1は百十三分、そしてディスク2は九十五分で、合計すると三時間二十八分となる。しかし観る価値は充分にある。

二〇〇四年あるいは二〇〇五年にスコールセッシはボブ・ディランを相手に十時間におよんだインタヴューをおこなったという。そのときのボブ・ディランの語りが、おなじ角度からの彼の顔だけの映像に重なって、何度も画面にあらわれる。あるひとつの主題について彼が語るときの、彼の顔だけの画像だ。しかもおなじ角度だ。ディスク2になると、少しだけ角度が変化するが、基本的にはおなじだ。この語りが、ディラン本人も含めた、すべてのことの現在なのだろう。そこから時間順に過去へ戻る。そして一九六六年にディランが起こしたオートバイ事故で、それまでの過去のすべてが、一九六六年という現在になる、という操作がしてある。

一九四一年に彼はミネソタ州のデュリュースに生まれたという。本名はロバート・アレン・ジママンだ。デュリュースからおなじミネソタ州のヒビングへ移った。このヒビングについて、彼は語っている。メイン・ストリートが三ブロックほどあり、それに交差してもう一本、おなじく三ブロックほどのストリートがあって、それだけの、夏は暑くて冬は寒いところだという。そのメイン・ストリートの資料映像を観ることが出来る。おそらくヒビングなのだろう、真冬の雪に閉ざされ、雪で視界のさえぎられた、静かに幽閉された世界も、資料映像で観ることが出来る。

この小さな町で子供のディランはラジオを聴いた。音楽というかたちで自分の外を体験したごく始まりの部分に、ディランの場合はラジオで聴いた数多くのカントリー・ソングがあった。資料映像のなかでこの時代のハンク・ウィリアムズが『コールド・コールド・ハート』を歌っている。ウェッブ・ピアースが酒の歌を歌う。ジョニー・レイには幼いディランもなにごとかを強く感じたようだ。ジョニー・レイは取り憑かれたかのように歌った、とディランが語るのをそのまま映像にしたようなレイをフィルムで観ることが出来る。レイの歌声だけではなく、この資料映像のようにピアノを弾きながら歌う様子を、子供のディランはTVで観たのではないか。資料映像のなかではブルー・キャップスの演奏で歌うジーン・ヴィンセントも観ることも出来る。

カントリー・ソングに続いてロックンロールを子供のディランは受けとめた。受けとめれば「影響」を受けることになるのだろうが、「影響」を受けただけでは、なにがどうなるものでもない。誰か他の人になりたかった、とディランは当時の自分について語っている。他の人などに、なれるわけがない。当時の世のなかでもっとも賛意を集めて受けとめられていた音楽は、これも資料映像があらわれるが、パティ・ペイジのHow Much Is That Doggie In The Windowという歌だった。この歌は日本でもヒットした。日本での題名は『ワン・ワン・ワルツ』だった。

No Direction Homeの二枚目のＤＶＤディスクを再生し始めてすぐに、一九六六年の英国ツアーで撮影された動画が画面で紹介される。英国の町角にひとりでいるディランは、建物の柱のようなところに取り付けてある広告板の文言を目にとめる。明らかになんらかのサブスタンスの影響下にある笑いかたと身ぶりで、ディランはその広告の文言から、自分だけのものである一編の詩を作っていく。広告のなかにある言葉のひとつひとつを、自分の言葉のなかに取り込んで文脈を完全に変化させては、意味のつながりなどまったくない配列のなかに置いていくと、それは詩になる。きわめて平凡な広告のなかの、まったく日常的な文言のつらなりからなんらかの刺激を受けたディランは、その刺激を一編の詩へと作り変える。その作業にディランは成功している。ごく短い場面だが素人が撮ったホーム・ムーヴィではない。

　この広告のぜんたいを引用しておこう。次のとおりだ。

We will collect clip bath and return your dogs.
Cigarettes and tobacco.
Animals and birds bought or sold on commission.

日本語に仮に翻訳するなら、次のようにもなるだろうか。

あなたの飼い犬を迎えにいって毛を刈り体を洗ってお返しします。
紙煙草に煙草。

小動物や小鳥の売買を手数料つきでおこないます。

この広告の文言は、自分のほうの都合を一方的に述べたものであり、その意味では、出来ばえの良否にかかわらず、主観のかたまりのようなものだ。主観のかたまりなら、自分というひとりの存在として充分に思い当たるディランは、主観を客観へと転換するひとつの試みとして、広告のなかの言葉を自分による詩へと作り変える。この広告を英国の町角で受けとめる自分、という自分をその自分が観察するための手段として、ディランは詩を自分で作る営みをすでに手に入れていた。

この本の編集を担当している篠原恒木さんが、この部分の画像を何度も見て、広告文を自分の詩へと作り変えていく過程を、英文の変化として見ることが出来るようにしてくれた。少しずつ変化していく英文を、ひとつずつ追ってみたい。篠原さんが書き取った英文だ。

広告文はディランによってまず次のようになった。

I'm looking for a place that will collect, clip, bath, and return my dog.
KNY|7227, cigarettes and tobacco.
Animals and birds bought or sold on commission.

これがさらに次のように変化した。

I want a dog that’s going to collect and clean my bath, return my cigarettes, and give tobacco to my animals, and then give my birds a commission.

さらに、ディランは続けた。三とおりに変化した文章を、その順番で書いておこう。

I’m looking for somebody to sell my dog, collect my clip, buy my animal, and straighten my bird.

I’m looking for a place that’s going to bath my bird, buy my dog, collect my clip, sell me to the cigarettes, and commission my bath.

I’m looking for a place that’s going to collect my commission, sell my dog, burn my bird, and sell me to the cigarettes.

以上の三とおりのあと、次のような短い文章をディランは作った。

Going to bird my buy, collect my will, and bathe my commission.

34
Välkommen!
Vi har er
Kodak
FILM

そして次のような変化をへて、この場面での最終的な文章に到達した。そのふたつを、順番にならべてみよう。

I'm looking for a place that's going to animal, my soul.
Knit my return, bathe my feet, and collect my dog.

Commission me to sell me to sell my animals, to the bird to clip and buy my bath and return me back to the cigarettes.

篠原さんは次のように言っている。「この時期のディランの歌を見ると、歌詞はこのような手法で作られたのではないか、と思えるものがあります。Subterranean Homesick Blues、そしてDesolation Row、さらにはTombstone Bluesなどです」

ボブ・ディランの最初のＬＰが録音されてから、二〇二〇年で五十九年になる。その期間のなかで、ディランが詩をどのように作るのか、その一端を英文の例をひきながら説明した文章を、少なくとも僕の記憶によれば、僕は一度も見ていない。篠原さんが試みたこの解析が、初めてだ。記念すべき出来事に、思いがけず、僕は立ち会うことになった。

一九六五年の五月にもディランは英国で演奏旅行をおこなった。このときに撮影されたフィルム

はDont Look Backという映画作品を生んだ。この映画のなかには収録されなかった、したがって未発表のフッテージを、No Direction Homeのなかで観ることが出来る。

公園の一角のようなところに立っているディランは、Ａ３を越える大きさの紙を何枚も腕にかかえるようにして持っている。画面からはディランの歌うSubterranean Homesick Bluesが聴こえて

いる。動画のなかのディランも、おそらくこの歌を頭のなかでは歌っていたのだろう、腕に抱えている紙を撮影カメラに見せながら、歌に沿って一枚ずつ足元に落としていく。その紙に書いてあるのは、Subterranean Homesick Bluesの歌詞の言葉の、ひとつずつだ。

ほとんどすべてを成りゆきにまかせて成長し、年齢を重ね、やがて大人になり、ここでも成りゆきでなんらかの仕事につき、それを継続させていく、というような平凡な日々を送る人たちに、What's he got to say? という問いかけがなされることは、まずなかっただろうと僕は想像する。No Direction Homeのなかで、何度かこの言葉を聞くことが出来る。単なる個人的な体験とそこから生まれる感慨のようなものではなく、人に語ってその人をつき動かすようななにごとかを、その人は語れるのかどうか、という意味のしばしば聞いた言葉だ。直訳するなら、その人はなにか言うことを持っているのか、となるだけだが、言うこと、つまりいまのその人のすべてであると言っていい考えを、その人の言葉で、ここと思う好機を見逃すことなく、この人ならと選んだ人に存分に語って聞かせ、その人の思考の幅を思ってもみなかった方向へと広げていくことが可能なのかどうか、ということだ。

平凡な成りゆきから少しでもその外へ出ていきたい、と指向するなら、この問いかけは常に痛いほど意識していなければならない。しかし意識するだけではどうにもならず、もっとも重要なのは、なにごとかを人に語ってその人をなんらかのかたちで動かすことにある。人に語ってその人を動かすことの出来るようななにごとかとは、ひと言で言うなら、自分だ。自分があるかないか。日常の日本語でいまも現役であるこの平凡な言いかたのなかから引き出せるのは、言葉だ。なにか言うためには、言葉が必要だ。受けとめたその人の思考の幅を思ってもみなかった方向へと広げていくようなことを言うには、なおさら言葉が必要だ。高度な、それでいてほとんど常に有効な、言葉が。

　子供の頃にラジオで受けとめたカントリー・ソングから始まって、引っ越した先の家にあったSPレコードやそのプレーヤーの発見をへて、ギターとハーモニカ、そしてニューヨークでのフォークソングとの出会いにいたるまで、そしてその後から現在まで、ディランにあったのは言葉だ。作詩作曲、という日本語を英語にすると、Words and musicとなる。この文脈でのwordsが彼には始めからあった、という言いかたをしておこうか。自分で作った曲に自作の言葉がともなう、というかたちの営みを彼は初めから維持させてきた。フォークソングのなかにもうひとりの自分を作ることが出来るかな、と思った時期があったようだが、そこにもうひとりの自分を作ることは出来ない、という発見をしたときにも、言葉はあり続けた。自分の歌のなかにメッセージはない、と彼は言っている。そこにあり続けたのはメッセージではなくwordsだ。たとえばBlowin' In The Windのなかにある、Before you call him a man? という部分を、「やっとのことで人間扱いされるようになるまでには」と解釈することは充分に可能だとしても。ビッグ・ビル・ブルーンジーというブルース歌手に、When Do I Get To Be Called A Manという歌がある。日本語に仮に訳すと、「私が人間扱いされるのはいつなのか」となる。

　言い続けてきた彼が最初に決定的に言ったのは、一九六五年七月にニューポートでおこなわれたフォーク・フェスティヴァルの、二十五日夜のステージにおいてだった。昼間はアクースティック・ギターの伴奏で歌い、夜はエレクトリック・ギターに持ち替えた。僕はエレクトリックになる

よ、という宣言であり、What's he got to say? に対するHe had this to say. の、最大のsayだった。
ステージに出る彼はエレクトリック・ギターを演奏し歌う。自分の曲に自分の詩の場合もあれば、そうでないときもある。差はほとんどないのではないか。ともにステージに出るのは、ディランの言葉によれば、「勇敢な騎士たちのように心強い」バッキング・バンドの男性たちだ。ステージに出て客と向き合う。バンドとひとつになって、演奏し歌う。自分の提示だ。主観的にも客観的にも、自分で見る自分は、きわめて鮮明であるはずだ。向き合っている客から戻ってくるすべてが、自分で自分を見るためのものであり、見ているその現場に自分そのものが加わっている。いくつかの重要な要素が自分の好みに合ったかたちで均衡したなら、今日のこのステージは良かった、となるのではないか。

英国のオートバイであるトライアンフに乗って走る映像がある。真横から彼をとらえているから彼の姿勢がよくわかる。オートバイで走るとき、ごくあたりまえのこととしてあのような姿勢になる人には、僕は乗らない、というもっとも賢明な選択がある。一九六六年七月にこのオートバイで彼は事故を起こした。しばらく首にギプスをはめただけで、たいしたことはなかったようだ。しかしこのあと彼がステージに出たのは、一九六八年一月にカーネギー・ホールでおこなわれたウディ・ガスリーへのトリビュート・コンサートだったし、演奏旅行が再開されたのはオートバイ事故から八年後のことだった。

No Direction Homeではこのオートバイ事故が最後にある。ここがこの映画にとっての現在であり、すべてはそこに帰結する、という作りになっている。スコールセッシによるディランのインタヴューが二〇〇四年のことだったとして、一九六六年はそこから四十年近い過去のかなただ。間隔を置いては画面にあらわれて短く語ったディランは、一九六六年からはたしかに四十年ほどこちら側にいるはずだが、一九六六年をこの映画の現在にしたため、ディランは時間を飛び越えた超越的な存在となっている。

Homeに帰りたい、と最後のほうでディランは言っている。帰れっこない。そんなことはあり得ない。続けるほかない、と本人が言っている。ここで自分は完成した、だからここまででいい、あとは余勢で生きていく、などと考えてそのとおりに実行する人ではない。続けるほかない。続けていく過程のなかに、ときたま、小さな自由があったりするのではないか。

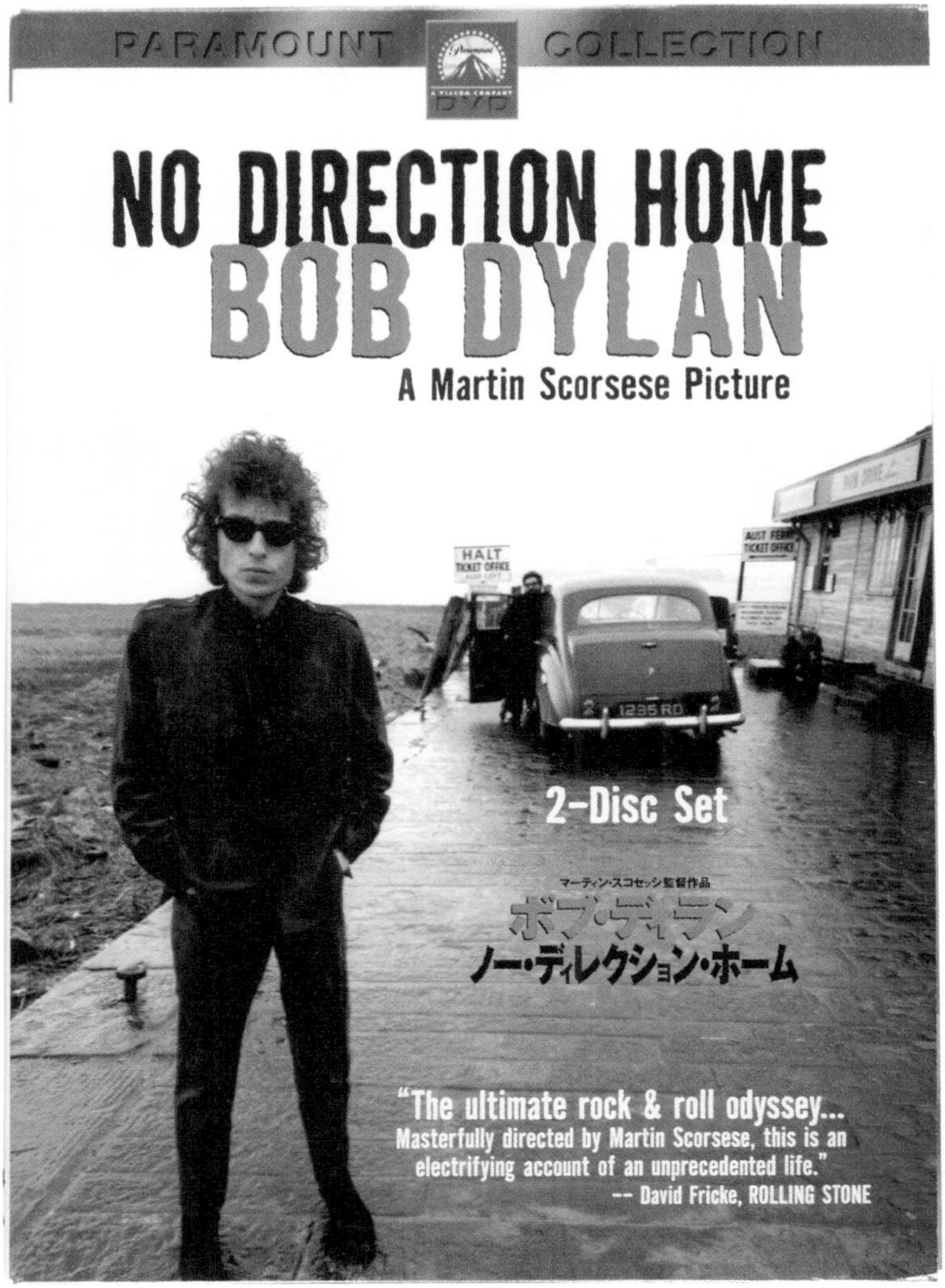

107　意味のつながりなどまったくない配列のなかに

頭を明晰にして常に電球を持ち歩く

Dont Look Backという上映時間九十六分の白黒ドキュメンタリー映画は、一九六五年のイギリスでおこなわれたボブ・ディランのコンサートを撮影して出来上がったものだ。大部分を撮影した人はドン・アラン・ペネベイカーといい、一九二五年の生まれで、一九五三年に五分の短編を作った頃から、映画の世界に入ったという。当時のボブ・ディランのマネジャーを務めていたアルバート・グロスマンは、ディランの映画を作りたいと、かねてより思っていた。サラ・ラウンズという女性が、この頃のペネベイカーとタイム・ライフ社の間に立ち、ペネベイカーの仕事をさばいていた。そのサラの友人にサリー・グロスマンがいて、サリーはグロスマンの奥さんだった。サリーからペネベイカーの名を聞いたグロスマンは、一九六五年の二月に、ボブ・ディランの映画を撮ることをペネベイカーに提案した。後日、グリニッジ・ヴィレジのパブでグロスマンはボブ・ディラン、そしてロード・マネジャーのボブ・ニューワースと会い、イギリス・ツアーに同行して撮影する話が決定した。サラ・ラウンズはのちにボブ・ディランの奥さんになった人だ。イギリスでのツアーが終わったあと、五月十四日にパリでディランはサラと落ち合い、六月二日、彼女とともにイギリスからニューヨークへ発った。

ツアーの一行は四月二十九日の夜、ロンドン空港に到着した。映画はここから始まっている。16ミリの撮影カメラは、予算がなかったので、一台しか借りることが出来なかった。ロンドンに着いたのだからまずとにかくこの場面は撮っておこうよ、と撮影されたフッテージだろうか。大胆なアイディアと頼れる技術のハワード・アークが、撮影のアシスタントを務めた。ペネベイカーが絶大な信頼を置いたサウンド・マンがふたりいた。ジョーンズ・アークとロバート・ヴァン・ダイクだ。ツアーのぜんたいに同行したペネベイカーの一行は、二十時間分のフィルムを撮影した。これを材料にしてペネベイカーはまず二時間の作品を完成させ、それをさらに削って出来上がったのが、約九十分のこの作品だ。一九六七年五月十七日、サンフランシスコのプレシーディオ劇場で公開されたのち、おなじ年の九月六日、ニューヨークで公開された。

一九六五年の四月三十日、シェフィールドのシティホール。五月一日、リヴァプールのオデオン劇場。五月二日、レスターのデモントフォート・ホール。などとツアーは続いていき、八回のステージにディランは立ち、歌った。八回とも曲目とその順番はおなじだったという。ディランひとりだけがステージに立ち、アクースティック・ギターとハーモニカの伴奏だからサウンド・システムに問題がなければ、あとはスポットライトがマイク・スタンドを斜めに照らし、そのなかへディランが出ていけばいいだけだ。彼の衣装もおなじだったのではなかったか。「舞台へ出ていって歌うだけだよ。歌うけれども、聞かせようとはしないからね」とディランが言ってる場面がある。その言葉どおりの舞台だった、と理解すればいいのではないか。

彼が八回のステージで歌った歌が、日本では箱入りで発売された二枚組のＤＶＤのブックレットに記載してある。この順番に歌ったという。引用しておこう。１　時代は変る　２　ラモーナに　３　エデンの門　４　出ていくのなら　５　イッツ・オールライト・マ　６　ラヴ・マイナス・ゼロ／ノー・リミット　7　ミスター・タンブリンマン（休憩）　8　第3次世界大戦を語るブルース　9　くよくよするなよ　10　神が味方　11　シー・ビロングズ・トゥ・ミー　12　悲しきベイブ　13　ハッティ・キャロルの寂しい死　14　オール・アイ・リアリー・ウォント　15　イッツ・オール・オーヴァー・ナウ、ベイビー・ブルー

日本では箱入りで発売された二枚組のＤＶＤとは、二〇〇七年が公開されてから四十周年だったので、それを記念して新たに発売されたDont Look Backだ。そしてもう一枚のＤＶＤは、Dont Look Backのアウトテイクスから時間順に約六十分の作品へと編集された、65 Revisitedのことだ。タイトルのあとに続く短いクレディットで、アウトテイクス、と断ってある。まさにアウトテイクスを新たに編集したものだが、ロンドンのサヴォイ・ホテルの部屋でディランたちが、Remember

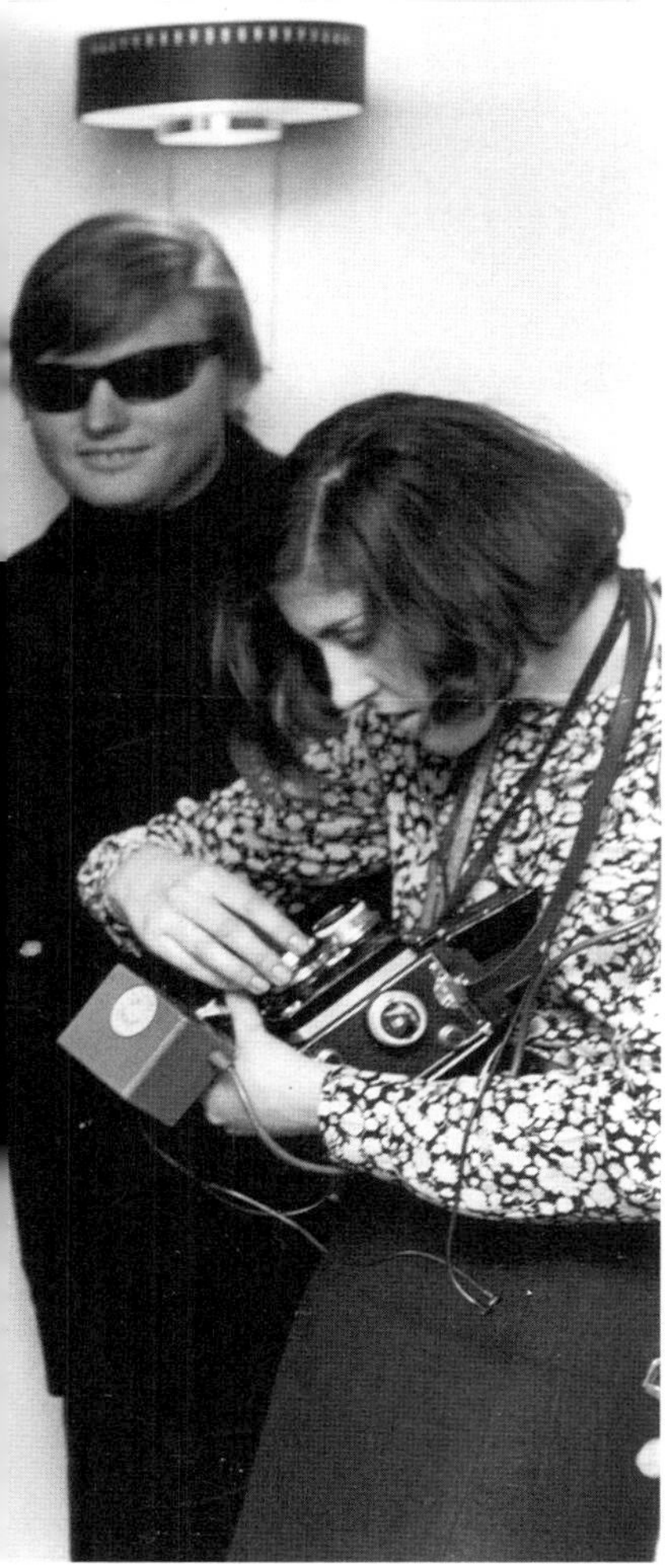

Me When The Candle Lights Are Gleamingという歌を歌う様子をとらえたフィルムが、ここに入っているのを僕は発見した。このシーンがいったんはアウトテイクスのひとつになったのか、といま僕は思う。

　僕は子供の頃から知っている歌だ。あのときのサヴォイ・ホテルの部屋で、This is a good song. とでも言えば、そこに居た人たちの誰もが文句なしに賛成したはずだ。小田急線の経堂駅の改札を出て農大通りへ入り、ちょうどなかほどで右への脇道を入ると、いまはもうないが、かつてホームランという中古ＬＰの店があった。右側の棚のなかほどに、アメリカから輸入されたカントリー・ソングのＬＰが、いつもひとかかえほどあった。それを一枚ずつ見ていくのは楽しい時間だった。そのような時間のなかで、ある日のこと見つけたのが、エヴァ・バーバーの『カントリー・アズ・グリッツ』というＬＰだ。一九七六年のもので、「ローレンス・ウェルク・プリゼンツ」とうたってあるから、この頃の彼女はウェルクの「ミュージカル・ファミリー」の一員だったのだろう。

　このＬＰのなかでエヴァは、Remember Me When The Candle Lights Are Gleamingと、Blue Eyes Crying In The Rainの二曲をメドレーで歌っている。ふたつの歌がならんでいるからメドレーだ、というのではなく、Aという歌のなかにBという歌が入り込み、Bという歌のなかにAという歌が取り込まれているという、二重の入れ子構造になっている。歌いかたは素晴らしい。ナッシュヴィルで録音されたA面に収録してある。

　イギリスの都会。その建物や道路。雨が降っている様子。五月はまだ寒い。コンサート会場の威厳に満ちた様子。集まっている若い人たち。彼らを整理する警官。これが現実だ、と言われればそれまでだろうか。あらゆるものが、そこにあるすべてが、既製品だ。以前からそのように続いていき、これからもそのように続き、未来がそっくりそのまま、既製品となることに、人々が安堵の拍手を送る世界だ。

『ガーディアン』という新聞の中年の記者が、電話ボックスの電話で記事を送る場面がある。その電話を受けている人は、記者が原稿を読むままに、社のデスクで書き取っているのだ。「コンサート会場に詰めかける若い人たちは歌に熱狂するあまり、歌と同時にある説法を往々にして聞き流す。時代は変わる、とディランは歌う。コンサート・ホールを満員にするのが、ポップ歌手ではなく詩人であるとき、時代は確かに変わる」というような原稿を記者は電話で送る。既製品はどれもみな既製品であり、したがって優劣をつけることに意味はまったくないけれど、この原稿は、既製品のなかの既製品、と言いたくなるほどの出来ばえだ。

ペネベイカーの撮りかたに演出はない。どの場面も撮影のために用意されたものではない。一行が滞在しているホテルの部屋やコンサート会場の楽屋といった空間のなかで、経過していく時間という秩序のなかに生まれては消えていくものを、撮らなくてはいけない。

唯一の例外は冒頭の場面だ。アンバサダー・ホテルの裏の路地にディランが立ち、『サブタレニアン・ホームシック・ブルース』の歌詞から主要な言葉を登場順に書いた、Ａ３を越える大きさの紙の束を、右手に抱えて持っている。『サブタレニアン・ホームシック・ブルース』が音声として聞こえてくる。その歌に合わせてディランは、言葉を書いた紙を一枚ずつめくっては、足もとへ落としていく。いい場面だ。ディランのアイディアだったという。

このフッテージは、箱入り二枚組のＤＶＤになって市販されたとき、付録のひとつとしてフリップ・ブックに使われた。日本語では「パラパラ本」などと呼ばれている。パラパラは子供の言葉だが、代わる大人の言葉はあらわれなかったようだ。本や雑誌のページをパラパラめくってみることを、flip through the pagesと言う。Flipはパラパラなのだ。八センチに三センチ八ミリという横長のサイズで、左からほぼ一センチが綴《と》じ代《しろ》だ。表紙を含めず全九十八ページで、BASEMENTからNO DOSEまで、ページをパラパラと動かすと、連続している写真は動いているように見え、そこにあの歌があらわれる。座右の書とは、このような本のことを言うのか、といま僕は真剣に思う。

付録のもうひとつは一冊のペイパーバックだ。Bob Dylan Dont Look Backというタイトルだ。Ballantineというペイパーバックの叢書から一九六八年に刊行された。当時、ペイパーバックを売っている書店でしばしば見かけた。映画のなかに登場する人たちすべてが発した言葉が文字にしてある。映画フィルムからの写真も多い。英語の字幕が一冊にまとまったもの、と理解すればいいか。『サブタレニアン・ホームシック・ブルース』のフッテージには別テイクがある。近くの建物の屋上で撮影されたもので、この歌に合わせてディランが言葉のカードを一枚ずつ足もとに落としていくのは、おなじだ。ここでも背景にアレン・ギンズバーグがいる。65 Revisitedのおしまいに、この別テイクのフッテージが使ってある。

何枚かのＤＶＤで時間順にジョーン・バエズを追ってみると、多少の感慨があるのではないか。

GOVERNMENT

Dont Look Backにとらえられたイギリスでのコンサートの直前に、バエズはディランとふたりでコンサート・ツアーをおこなったという。イギリスのツアーに同行したのは、その延長だったか。どこかのステージで、特別なゲストとして呼び出されるのを、彼女は期待していたか。しかしディランがバエズをステージに呼ぶことは、八回のコンサートでのなかで、一度もなかった。

　イギリスでのツアーが終わったあと、五月十四日にディランはパリへ飛び、そこで半年後には妻となるサラ・ラウンズと落ち合った。ふたりだけの休暇をポルトガルで過ごすためだ。五月二十一日にディランはロンドンへ戻った。五月二十三日にはバエズのコンサートに出演する予定だった。しかしディランの体調は思わしくなく、この予定はキャンセルされた。五月二十四日にはＢＢＣのＴＶ番組に出演する予定だったが、これも体調を理由にキャンセルした。体調がなかなかもとに戻らないので、二十六日にはついに入院した。そして二十九日には退院し、六月一日にはＢＢＣでのＴＶ番組をこなし、六月二日にニューヨークに向けてロンドンを発った。

　一九六三年、六四年のニューポート・フォーク・フェスティヴァルを一枚のＤＶＤで見たあと、Dont Look Backを見る。一九六五年のニューポートは、イギリスでのツアーがおこなわれた年の七月のことだ。Dont Look Backのあとに、一九六五年のニューポートの映像を見る。No Direction Homeでは、二〇〇四年ないしは二〇〇五年にジョーン・バエズの自宅でおこなわれたインタヴューの映像が、何度かあらわれる。おなじ角度から撮影した映像の最後で、バエズはアクースティック・ギターの伴奏で歌ってみせる。インタヴューするにあたっての契約が、こうなっていたのだろう。彼女の弾き語りはそれはそれでたいそう美しいのだが、二〇〇五年のディランがバエズの隣に

すわってるわけはないよな、と思う人はたくさんいるはずだ、と僕は思う。

ロンドンに到着してすぐ、ディランは空港でインタヴューを受けた。なにかの工場で使うような巨大な電球が、なぜだかテーブルの上にあった。“What’s your real message?”と、ディランは中年の記者に訊かれた。一九六五年のイギリスでmessageという言葉が日常的な言葉としてこのように使われた現実と、二〇二〇年の日本でメッセージと片仮名書きされた日本語として、おたがいにほぼおなじような意味として使われている現実とが、結びつく。この質問に対するボブ・ディランの返答は次のようなものだった。“Keep a good head and always carry a lightbulb”

既成のもので満ちている社会のなかに生きる自分は、そのような既製品のひとつだという自覚は、一九六五年のイギリスにはまったくなかったようだ。当時は二十代なかばの青年だったボブ・ディランとその一行と、そのようなイギリスとのあいだにあったすさまじく大きなへだたりを、画面に感じないわけにはいかない。

ディラン自身は歌う人だ。自作の曲に自作の詩をつけた歌を歌う場合もあれば、そうではない場合もある。いつからどのようなきっかけでこの世界に入ったのですか、とディランに質問した記者がいた。この世界に入った、というような言いかたを、なんの疑念も持たずにすんなりとこんなところで使えるとは、どういうことなのだろうか。

初めからこの世界にいました、と答えるほかない。いつから、と訊かれたなら、初めからなのだ。ごく幼い頃から、と言ってもいい。あるいは、生まれたときにはすでに。さらには、生まれる前から。持って生まれたものをそのまま自分の好きなように延長させ拡大していくことの出来る環境の

119　頭を明晰にして常に電球を持ち歩く

なかで彼は育った、というような言いかたはあきらかに平凡だ。現実をその外側でもっとも大きくおおざっぱにとらえようとするとき、このような言いかたがなされるのではないか。いくらなされようとまったく有効ではないのだが。ディランとその同行者、たとえばジョーン・バエズやアラン・プライスたちの歌と音楽の体験は、半端なものではない。アラン・プライスはこのツアーに同行するすぐ前までは、ジ・アニマルズというグループでオルガンを弾いていた。

　ふと聴いた歌を、いい歌だ、と思ったとき、That’s a good song. と簡単に評することは、ほとんど誰にでも出来る。反射的にgoodという言葉をあてはめてそれっきり、という場合が往々にしてあるとするなら、ボブ・ディランがThat’s a good song. と言うときには、そこにあるボブ・ディランの現在とそれまでを総動員した、songにかかわる体験の途方もない量と時間的な長さが、good songという判断の根拠となって機能している。その事実を知ることは、しかし、まず不可能だ。この不可能をペネベイカーは16ミリのフィルムで見せてくれる。

　五月四日だったろう、サヴォイ・ホテルの部屋には人がたくさん集まり、パーティの趣を呈していた。そのなかにドノヴァンがいた。To Sing For Youという歌をドノヴァンが歌い始めるとディランはすぐに、Hey, that’s a good song, man. と言う。このgoodというひと言のなかに、それまでのディランのすべてがある。単にgoodという言葉があるだけで、それを支える根拠はなにもない場合とくらべてみるといい。この夜のことを新聞は記事にした。ディランが宿泊しているホテルの部屋をドノヴァンが訪ね、ふたりは長時間にわたって歓談した、という内容の記事につけられたタイトルは、Dylan Digs Donovanという、恐ろしいまでの既製品だった。

That's a good song. とじつに気軽に言うときの、goodというひと言がその人の歴史として持っている深さを、どこまでも掘っていくなら、自分もいずれは作るgood songのもとになるはずの自分、というオリジナルな源があるはずだ。僕の経験では、good songは三千曲くらいならすぐに体験出来る。一九六五年のボブ・ディランには、good songの蓄積は五千曲はあったのではないか。これだけのgood songを体験し、歌詞とコードを覚え、いつでも人前で歌えるようになる過程のなかに、その人の核のようなものがある、と僕は思う。

ロビー・ロバートソンにTestimonyという題名の著作がある。彼自身の伝記と言っていいだろう。幼い日々からザ・バンドの最後のコンサートが終わったあとまで、面白く読める記述で綴ってある。ボブ・ディランのバッキング・バンドとしてツアーに出ていたとき、ホノルルだったかメルボルンだったかで、ロバートソンは寝室のふたつあるスイートで、ディランと相部屋になった。共通の場所として使うことの出来る居間のテーブルにギターを二本用意するのが、ロード・マネジャーのきまりごととしての仕事の一部分だった。このギターをふたりが弾きながら、いろんな歌を歌った。この世にいま生きてる人々のなかで、もっとも数多くの歌を知っているのはボブだ、とロバートソンは書いている。

サヴォイ・ホテルでの夜、ディランはタイプライターに向かって文章を書いている。『エスクワイア』というアメリカの雑誌から依頼された文章を書いていたのだという。この文章はやがて出来上がったが、『エスクワイア』に掲載されることはなかった。アルバート・グロスマンは新聞を読んでいる。ジョーン・バエズはギターを弾きながら低い声で歌っている。マリアンヌ・フェイスフルが来ている。

「彼女は愛のために午前三時に死んだ、という歌はビル・アンダスンが作ったんだ」とディランが言う。「いい歌とはどんな歌だか知ってるかい。温かい赤ワインの影、という歌を覚えてるかい」と、アラン・プライスが言う。「私が覚えてるかぎり、彼女は私の心の薔薇となる」とバエズが歌う。「Long Black Veilを歌えよ」とディランが言う。バエズの歌声が他の人たちの会話の背後に流れ続ける。「十二月に母が病気になり、二月には傷心が私たちを訪れた」とバエズは歌う。「Long Black Veilを歌えよ」とふたたびディランは言うが、バエズが歌うのはハンク・ウィリアムズのLost Highwayだ。I'm A Rolling Stoneという題名をプライスが挙げ、バエズがそれを途中まで歌う。ギターを持ったディランが、「これはどう？」と言って歌うのは、おなじくハンク・ウィリアムズのI'm So Lonesome I Could Cryだ。この歌は多くの歌手が歌っているが、ディランが一節だけ歌うこの歌は、これまでに僕が聴いたすべてのI'm So Lonesome I Could Cryを、はるかに越えている。

「この部屋がこんなふうになるのは、僕の知るかぎりでは、今夜が最初だよ」と、ロード・マネジャーのボブ・ニューワースが言う。

　彼らが持っている音楽の体験は、かならずや外に出る。たとえば、部屋の壁に寄せたソファにならんですわって、ニューワースとディランが楽しげに笑い、全身でリズムをとっている。ピアノが聴こえている。おそらくプライスが弾いているのだろう。かつて流行した音楽、という観点からだと、一九六五年から二十年はさかのぼるが、たいへんいい音楽だ。部屋にあるピアノをひとり弾きながらディランが歌う場面がある。これも素晴らしい。また別の夜、おそらくおなじピアノを、アラン・プライスが弾いている。次々にいろんな曲の断片を弾いていく。ディランがギターでいくつかのブルースのフレーズを弾く。アランがピアノで、おなじくブルースのフレーズをいくつも弾く。自分のなか深くに音楽の体験がないことには、とうてい出来ないことだ。まるで当たり前のことのように、当事者たちはそれをおこなうのだが、当事者たちの他には誰も見ていない。16ミリ・フィルムで映画に撮影され、一本の映画になって公開され、それがDVDになっていまようやく、ごく小さな一例として僕が見る。

あれも、これも、そしてそれも、と店舗の棚から、大量生産された既成の品々を手に入れ、ならべ、つなげ、積み上げて、それがやがて作り出す人生は、ディランをインタヴューする人たち、ファンの若い女性たち、あるいは男性たち、そして彼らの場所であるイギリスの景色が、それらのすべてを象徴しているように、僕には見える。対極にはボブ・ディランがいるからだ。

BOB
DYLAN
DONT
LOOK
BACK
65 TOUR DELUXE EDITION
A FILM BY
D.A. Pennebaker
WITH
Joan Baez
Alan Price
Albert Grossman
Donovan
BOB
DYLAN
DONT
LOOK
BACK
65 TOUR
DELUXE EDITION
A FILM BY
D.A. Pennebaker
WITH
Joan Baez
Alan Price
Albert Grossman
Donovan
DVD

大量生産の構造上の再生

題名に使ったこの言葉を英語で言うと、Constitutional replay of mass productionとなる。記者会見の席で、記者の質問に答えたディランが、即興的に考え出した言葉だ。一九六五年十二月三日、彼はサンフランシスコに来ていた。バークレーのコミュニティ・センターで三回のステージを含め、十日間で五回のステージに出て歌う予定だったという。ともに演奏したバンドの名はザ・ホークスといい、このバンドはのちにザ・バンドとなった。

サンフランシスコのＫＱＥＤというＴＶ局がスタジオでボブ・ディランの記者会見をおこない、ＴＶカメラでそれを撮影した。ＴＶで放映するためだ。評論家のラルフ・Ｊ・グリースンが、この企画の立案と実現に関して、大きな役を果たしたようだ。少し高くしたところに机と椅子を置いてディランはその椅子にすわった、スタジオのフロアに配置した椅子にすわったり、脇に立っていたりした記者たちと、彼は向き合った。一台のＴＶカメラが正面からディランをとらえ、その彼の側から見た記者たちを、別のカメラが撮影した。この記者会見は、ディランにとっては、初めてＴＶで放映される記者会見だった。

司会役のグリースンが前置きをごく簡単に述べたあと、Go! と言った。このひと言は僕の印象に残った。この記者会見のぜんたいをひとつにまとめる言葉だ、と言ってもいい。ディランと向き合った記者たちは、Dont Look Backで見たイギリスの記者たちと、じつによく似ている、と僕は思った。人々としての感触がよく似ているだけではなく、ボブ・ディランとのあいだにある大きな乖離感まで、そっくりだった。記者たちとディランはおなじ国のおなじ時代の人たちなのだが、これほどまでに乖離しているとは。二十四歳にしてすでに、ディランはとんでもなく遠いところにいた、とでも理解すればいい。

そのような理解と同時に、僕がふと想像したのは、記者たちはすべて役者であり、記者会見という設定だけで彼らは演技をし、それに対してディランも演技している、ということだった。しかし現実はまったくそうではなく、このＤＶＤにあるとおりが、一九六五年の現実だった。ビル・グレアム、アレン・ギンズバーグ、ボブ・ニューワースたちも現場で記者たちの側にいて、それぞれに質問する。ディランはそれに答えているが、質問も答えも、どうでもいいようなものだと僕は判断している。彼らは、ディランと記者たちとのあいだにある大きな乖離感の、どこか中間あたりにいる人たち、と理解すればいいのだろう。

自分をなにだと思うか、とディランは質問された。これに対するディランの答えは、僕はsong and dance manです、というものだった。記者たちは面白そうに笑い、ディランも得意そうな笑顔だった。ヴォードヴィルで歌と踊りを披露する人、という意味のほかに、真偽のほどの疑わしい、ひょっとしたら単なるナンセンスかもしれない、というような意味もsong and danceにはある。慣用句をそのまま自分に当てはめただけだが、ディランは気に入っているのだろう、No Direction Homeのなかでも、おなじ質問にディランはおなじ言葉で答えていた。

自分のレコードについてはどう思いますか、という質問があった。音が整理されていて、とりわけ歌詞がよく聞き取れるから、その意味ではレコードがいちばんいい、とディランは答えた。ステージについても質問があった。ステージでは自分もいっしょにステージにいるのであり、すべてはそこで起こっていて、起こることすべてのなかに自分もいます、とディランは答えた。曲や歌詞を作ることについても質問があった。作るときの状況はさまざまだろう、ひと言では答えられないのだが、質問する記者たちは、とてもひと言では答えられないことに対して、わかりやすいひと言を常に求める。

　曲や歌詞の断片についての彼の言葉には興味深いものがあった。曲や歌詞の断片は数多くあるけれど、どれかひとつを逆にこれでいこうときめて、その断片からぜんたいを作っていくことはしない、とディランは言っていた。作るときにはまったく新たにゼロから始めるのだという。Dylan Speaksという題名でこの記者会見は二〇〇六年に一枚のＤＶＤ作品となり、日本でも市販された。

Ralph J. Gleason
presents
Dylan
Speaks
THE LEGENDARY 1965
PRESS CONFERENCE
IN SAN FRANCISCO
DVD
VIDEO

ただ聴く人でしかない自分

Bob Dylan 1966-1978 After The CrashというＤＶＤそしてＣＤのコピーライトは二〇一二年だ。すでに第一作が市販されていて、ここにあるこれはその続きの第二作であるようだ。表題にあるとおり、一九六六年から一九七八年までのボブ・ディランを、発売されたＬＰの順にたどったもので、プレイ・タイムは二時間ある。ＤＶＤとＣＤとの二枚組だ。ＣＤはウィーバマン・テープと呼ばれているもののぜんたいを収録したものだ。Ａ・Ｊ・ウィーバマンは一九七一年にディランの自宅の塵箱をあさるというスタイルのジャーナリズムを実行した人で、彼とディランとの電話でのやりとりのぜんたいが、このＣＤに収録してある。

表題にあるCrashとはディランが起こしたオートバイ事故のことだろう。一九六六年の七月のことだった。これ以来、八年にわたって、ディランは舞台に立って観客と向き合うことを停止したと言われているが、完全に停止したわけではなかったようだ。一九六八年の一月には、ニューヨークでおこなわれたウディ・ガスリーのメモリアル・コンサートに出演し、午後と夜のステージでそれぞれ四曲、歌ったという。ガスリーは前年に死去した。一九六九年の五月にはナッシュヴィルでＴＶのジョニー・キャッシュ・ショーに出演して三曲を歌った。七月には南イリノイ大学でおこなわれたミシシッピー河フェスティヴァルに出演していたザ・バンドの舞台に飛入りして、三曲を歌った。そして八月にはワイト島のアイル・オヴ・ワイト・フェスティヴァルに出演した。ここでは十七曲を歌い、その一部分が、録音中だったSelf Portraitというアルバムに収録された。

録音スタジオに入っているときのボブ・ディランには、たいそう強い芯のようなものが常にあると、ともにスタジオで仕事をしたミュージシャンが語っている。スタジオに集まったミュージシャンたちの誰もが、その強い芯のどこかにつかまることによって、ディランが作ろうとしている音楽の世界に入っていくのだそうだ。

「ボブ・ディランは批判しないし、判断もしないのよ。すべてまかせてもらえるから、たいへんに自由なのね。その自由さのなかで私は自分の演奏をします。そしてそれをディランは評価してくれます」とヴァイオリンのスカーレット・リヴェラが語っている。

ワールド・ツアーの一部分として日本へ来たときには、舞台で歌ってほしい歌のリスト、というものを日本のプロモーターはディランに差し出し、ディランはそれを受け取っただけではなく、そのリストのとおりに歌った、と語っている人もいた。この歌を歌ってほしい、と言われたなら、そ

BOB
3月4
武道館大ホ
DYL
ボブ・ディラ
KYODO & UDO PRE
●裏面の事項をご了承の上お買い求め下さい。
S
¥4,500
アリーナ

の歌は歌わないのがいつものディランなのに、とその人は言っていた。

　一九六七年の十月にJohn Wesley Hardingの録音をディランは始めている。スタジオでの録音セッションは三回におよび、十二月には発売された。続くNashville Skylineの録音はすべてナッシュヴィルでおこなわれ、その回数は八回におよんだ。一九六九年の二月から始まった録音は同じ月のうちに終わり、四月には新しいアルバムとして発売された。そしておなじく四月にSelf Portraitの録音を始め、一九七〇年三月に全六回のセッションを終え、三月から四月にかけて八回のオーヴァー・ダビング・セッションをへて、六月に発売された。そしてそれ以前、五月には、New Morningの第一回録音セッションをニューヨークでおこなった。New Morningが発売されたのはその年の十月だった。

　これは、すさまじい、とまず言いたい。一曲ずつ、およそ考えることの可能な部分については、徹底して考えなくてはいけないはずだ。その曲をどのようにするのか。どうすればいいのか。抽象の思考ではなく、あらゆる細部まで、すべては具体的だ。録音スタジオへ出向いていき、集まった人たちと雑談しながら、なんとなく楽器を鳴らしているうちに出来ていく、というような作りかたもあるだろうけれど、ディランの場合はそうではなかったようだ。

　完成品を再生して聴く人にとって、創造物であるはずのどの曲についても、細部まで分け入って理解することは、とうてい無理なことだと僕は思う。聴くその人は自分であり、自分が持っている能力の範囲内でしか、聴く作業は維持されない。完成品をそのいちばん外側から聴いただけではわからないことは無数にあり、そのどれをもわからないままにしておくことが、聴く人の特権のようなものになるのだろうか。

　Another Self Portraitは頑丈な二冊の本が箱に入っている。一冊は一九七〇年録音時の未発表音源やアウトテイクを四枚のＣＤに収めたものであり、もう一冊は、簡単に言うなら、その当時のボブ・ディランを主題にした二編の写真集だ。Time Pass Slowlyという表題がつけてある。写真家はジョン・コーエンとアル・クレイトンのふたりだ。クレイトンが提供した写真のなかには、コロムビアの録音スタジオのなかで、録音作業をとらえた写真が三十点近くある。練達をきわめた腕っこきの、しかも修羅場を何度もくぐり抜けていまも無事なミュージシャンたちとの、真剣なやりとりを重ねるディランを写真のなかに観察していると、ただ聴く人でしかない自分との距離の遠さが、かならずや自覚されるはずだ。

ボブ・ディランがワイト島を沈める手助けを

一九六四年の五月十七日、ロンドンのロイアル・フェスティヴァル・ホールの舞台でボブ・ディランは歌った。全十八曲にボーナス・トラックの二曲を加えて、二枚組のＣＤになっている。このときはディランにとって二度目のイギリスだった。二十三歳の彼はまだ親しみやすい演奏と歌の人だった。フォーク・ソング、という広い範疇はもともと彼のものではなく、フォーク歌手やプロテスト歌手と呼ばれるのは本意ではない、という考えはデビュー・アルバムの頃にくらべると、よりはっきりしていた。

Bob Dylan 1966-1978 After The Crashには、番号入りのスティッカーがＣＤのプラスティック・ケースに貼ってあり、八十番までのＣＤには、別のケースに入った一九六九年八月三十一日のワイト島でのライヴ映像のＤＶＤがおまけで付属する、ということだった。僕のところにあるＣＤは一〇一番だが、付録のＤＶＤはついていた。厳密に何番まで、ということではなく、リミテッド・エディションである、ということなのだろう。

ディランが出演した一九六九年のワイト島アイル・オヴ・ワイト・フェスティヴァルの舞台を最初から最後までとらえた映像は現存していない。このフェスティヴァルを映像に記録し、それを材

料にして映画を作ろう、というような意思は最初からなかったようだ。残っているフィルムの中心はニュースのための映像で、これは白黒やカラーなど統一はなく断片的だ。舞台にかなり近い位置から観客が撮影したヴィデオ映像が少しだけある。当時のヴィデオ撮影機はポータブルでも肩にかつぐほど大きかったのではないか。

現存しているライヴ映像を可能なかぎり集め、場面ごとにサウンド・ボードのステレオ録音をあてはめたのが、この付録のＤＶＤだ。あの白いスーツは聖書のセールスマンのようだった、とAfter The Crashのなかで誰かが言っていたディランが、その白いスーツで歌っているのを見ることが出来る。このＤＶＤのプレイ・タイムは十六分だ。映像はないけれど音源は、ディランの歌った十七曲すべてが一枚のＣＤに収録され、二〇一三年に発売されたAnother Self Portraitという箱入り四枚組のＣＤのうちの一枚となっている。

ワイト島はグレート・ブリテンのあの島の、南の底辺のまんなかあたりだ。イングリッシュ海峡のなかではあるけれど陸からすぐ近くで、船に乗るのはポーツマスだろうか。暖流であるメキシコ湾流の影響下にある島だという。ワイト島でのフェスティヴァルは一九六八年に始まり、六九年、七〇年と三回続いたあと中断され、二〇〇二年に再開し、二〇一八年にも開催された。ボブ・ディランの出演は八月三十一日の夜九時に予定されていたが、二時間遅れて十一時過ぎに彼は舞台にあらわれた。

After The Crashのなかに、ワイト島のフェスティヴァルを企画して実現させたレイ・フォークの、当時の姿を見ることが出来る。出演がきまったことを発表する記者会見のような席で、レイ・フォ

ークがディランとならんですわっている写真が、インタネット上にある。なぜディランが出演を承諾したのか、その理由をレイ・フォークは回想している。当時の自分は二十代のなかばで、業界のプロモーターたちとはまるで違う雰囲気だったからではないか、とレイは言っている。

このレイ・フォークによる、Stealing Dylan From Woodstockという著作が二〇一五年に刊行された。Woodstockとは、Woodstock Music And Art Festivalのことで、一九六九年の八月十五日から十七日まで開催された。ワイト島のフェスティヴァルはその二週間あとだ。Stealing Dylan From Woodstockとは、ワイト島に出演しなかったならディランはウッドストックに出演したかもしれない、という意味だ。

Help Bob Dylan Sink The Isle of Wight on August 31stと黒いインクで印刷され、一九六九年のワイト島で出回った小さなスティッカーの英文を仮に日本語にして、この項目の表題に借用した。

139　ボブ・ディランがワイト島を沈める手助けを

映像のなかのディランは四年後にはここにいる

　ワイト島でのディランを見ることの出来るＤＶＤが僕のところにもう一枚ある。三つ折りしたボール紙のジャケットのまんなかに、透明なプラスティックのホルダーがはさんであり、そこに一枚のＤＶＤが留めてある。Bob Dylan And The Band 69 – 70という表題だ。表紙は一枚の写真で、ワイト島の舞台で歌うディランとザ・バンドのベース奏者のふたりだ。

　ジャケットの内側には解説の文章が印刷してある。一九六六年のワールド・ツアーは、五月にロンドンのロイアル・アルバート・ホールで二回おこなわれたコンサートが最後だった。一九六八年の一月には、ニューヨークでおこなわれたウディ・ガスリーのメモリアル・コンサートにザ・バンドとともに出演した。次の年、一九六九年の五月には、ＡＢＣＴＶでジョニー・キャッシュ・ショーにディランは出演した。僕がＤＶＤで見るボブ・ディランは、一九六五年のDont Look Backから四年後のここへ、飛んでいることになる。

　そのショーでディランは三曲を歌った。初めの二曲は黒い背景のなかに彼ひとりの立ち姿だ。Dont Look Backあるいはそれ以前のニューポートでのディランとは、まるで異なっている。髪の作り、表情、ギターの使いかた、そして歌いかたなど、なにげなくモニターを見ると、新人のカントリー歌手かな、と思うほどに、かつてとは違っている。編曲はザ・バンドふうだ。こんなかたちでもディランは敬意を表されたのだろう。

三曲目のGirl From The North Countryは、すわってキャッシュとデュエットで歌う。歌う、という行為のなかで、当人が自在に操ることの出来る才能の複雑さ、奥行きの深さ、さらには間口の広さなどにおいて、ディランはキャッシュにとうていかなわないことを、僕が確認した映像だった。

ワイト島の映像はすでに見たものと多くが重複している。ぜんたいの分量はほとんどおなじだ。これしかないからだろう。ボブ・ディランの歌いかた、ギターの使いかたなど、目指しているのはカントリー歌手なのかな、と思った。フォーク歌手、あるいはプロテスト・シンガーなどと呼ばれていた頃にくらべると、人の感じがまるで異なる。鼻の下、そし顎の下から頬の下の全域に髭がある。これから生やしてみようとしているような髭だ。ザ・バンドの演奏は素晴らしい。ディランの歌によく合っている。八月三十一日のこのフェスティヴァルに集まった観客は十五万人、あるいは二十万人、という数字を僕は日本の雑誌で見た。

ザ・バンドの映像がある。オランダのＴＶで放映されたものだ、と判断していいようだ。一九七〇年十一月、ピッツバーグのモスクで観客を前に演奏し歌った四曲の映像だ。これは全十八曲でＣＤになっている。

時代はとっくに変わった

Pat Gallet and Billy The Kidという西部劇映画にボブ・ディランが出演したのは一九七二年だった。完成したその映画のコピーライトは一九七三年だ。完成してから四十五年後に、僕は日本で発売されたＤＶＤで、その映画を初めて観た。パッケージには二枚のＤＶＤが入っていて、一枚は二〇〇五年の「スペシャル・エディション」で、もう一枚は一九八八年の「ターナー・プリヴュー・ヴァージョン」だ。前者は一一五分、後者は一二二分だ。短いほうを僕は観た。七分の差のなかにどのような違いがあるのだろうか。

時間的な長さに対して、内容のつまらなさが勝っている、という印象はなかった。けっして悪くはないテンポの描写が、全編をとおしておなじ調子で続くからだ。サム・ペキンパーの監督第一作は一九六一年のThe Deadly Companionsだ。日本では『荒野のガンマン』という題名で公開された。ペキンパーが脚本の制作に参加した作品としては、一九六五年のThe Glory Guysがある。これも日本で公開され、そのときの題名は『栄光の野郎ども』だった。どちらもいま日本国内でＤＶＤが市販されている。

Pat Gallet and Billy The Kidの脚本を書いたのはルドルフ・ウールリッツアーだ。彼は一九七一年の映画Two-Lane Blacktop（日本での題名は、断絶）で、ウィル・コリーという人と共同で脚本を担当した。撮影されたあとのフィルムをどのように編集しても、違うヴァージョンをいくら作っても、監督が意図したとおりにつなぎなおしても、作品そのものの最終的な出来ばえに、変化はほとんどないのではないか。

　映画は脚本に沿って撮影される。撮影されたフィルムは脚本をほぼ忠実に反映している。脚本を上まわる出来ばえが、撮り終えたあとのフィルムの編集によって、新たに生まれるとは思えない。だからPat Gallet and Billy The Kidは、ここはこうすればもっと面白くなったのに、とひとりで夢想するための材料として、良く出来ている。

　題名のとおり、PatとBillyのふたりの男性の物語だ。ふたりの性格やそのときのありかた、それぞれが抱えていた事情など、冒頭ですべて描いておかなくてはいけない。ある日の午後、とある西部の町で、パットはビリーを訪ねて来る。ふたりは久しぶりに会う。かつてはパットもアウトローで、ビリーとは仲間だった。銀行強盗も列車強盗も、ともにこなした仲だ。ふたりの年齢差は二十歳ほどだ。ビリーは二十代前半、そしてパットは四十代の前半だ。このふたりが交わす会話のなかで、ふたりのすべてが明らかにされなくてはいけない。

　パットはお尋ね者のビリーがいまどこにいるのか知っている。だから訪ねて来ることが出来た。ビリーは彼に酒を出す。自分は飲まない。パット・ギャレットはいまは保安官だという。バッジを見せる。シェリフのバッジだ。

「そりゃあ、いいや」

　とビリーは笑って言う。

「この保安官が気に入らなくなったら、いつでも射ち殺していいんだ」

「ご自由に」

「なぜ、保安官なんかになったんだ」

「仕事だよ」

「仕事？」

「生きていくのさ」

「いつまで？」

「老後まで」

と答えてパットは強い酒を飲み、次のように語る。

「カリフォルニアに土地を買って家を建て、経済的な不自由なしに、静かな日々を送りたい」

「そうなる前に、誰かに射ち殺されるよ」

「せいぜい気をつけよう」

「俺に会いに来たのは、保安官としてかい」

ビリーの言葉にパットはうなずく。

そして次のように言う。

「かつての悪党には、いまでも悪党をやってる奴らの考えることが、よくわかる。そこを俺は見込まれた」

「お前がアウトローたちを退治するのか」

「まず最初にお前だ」

と言ってパットは酒を飲む。それをビリーは見ている。

「まず最初にこの俺だって？」

とビリーは言う。

パットはうなずく。

「だったら、早く射てよ」

ビリーのその言葉にパットは首を振る。

「五日間の猶予をあたえる。五日のあいだにこの町を出ていけ。そして二度と戻って来るな」

「それだけか」

「時代は変わるんだ」

「昔とおなじパットだ。いまでも一歩だけ遅れてるよ。時代は変わるのではなく、もうとっくに変わってるよ」

「この町も変わる」

とパットは言う。

「将来性を見込んで資本家たちが投資をする。地域の経済的な成長に欠かせないのは、なによりも安定だよ。地域の安定を少しでも脅かすものは、抹殺される。アウトローはその代表だ」

聞いていたビリーは、

「酒が進むね」

と言う。

「昔からそんなに飲んだっけ」

「五日間の猶予だ」

とパットは言う。

「五日間のうちにこの町からいなくなれ。二度と来るな」

「六日目にもここにいたら？」

「射ち殺す」

「よくわかった」

とビリーは言い、パットは立ち上がってドアへ歩く。家の外に出た彼は階段を降りていく。ドアの陰からビリーは、

「パット」

と呼ぶ。

立ちどまったパットは振り返る。ビリーは次のように言う。

「酒で眠るのは睡眠とは言わないんだ。昏睡だよ」

「なんでもいい」

とパットは言い、馬へ歩き、たづなをほどいて、馬にまたがる。彼は去っていく。ビリーがじっと見ている。町なかをはずれたあたりで、いずれも馬に乗ったふたりの男が、パット・ギャレットに合流する。

「あのふたりが手下か」

とビリーは笑う。

このような導入部で、ふたりのすべてが明かされるといいのに。さて、ここから、どうなるのか。どんなことがあるのか。どのように最後へ向かうのか。ビリー・ザ・キッドがパット・ギャレットに射たれて死ぬことは、観客の誰もが知っている。その最後をどんな画面で見ることになるのか。最後まで緊迫感を維持しながら、テンポのいい描写を重ねていけばいいだけだ。たとえばパットが帰っていったあと、入れ違いに、奥の小部屋から三人の男が出て来る。三人とも見るからにアウトローだ。銀行強盗を働かないか、とビリーを誘いに来た。ビリーを主役としてなかば売り物にした銀行強盗だ。

次の日、晴天の午前中、この家を中心にして、盛大な射ち合いのシークエンスがあるといい。ビリーにはすでに懸賞金がかかっている。生死を問わず千ドルの懸賞だ。七人の男たちがビリーのいる家へ、まったくのやる気で、銃をかまえて向かって来る。七人で分けたとしてもひとり百五十ドルだ、それなら俺はやるよ、という男たちがにわか仕立ての賞金稼ぎとなった。

七人の男たちが自分のいる家を囲んで狙っていることに、ビリーが気づく。久しぶりだな、とビリーはうれしそうだ。みんなこっちを見ている。荒っぽいけれどみんな素人だ。左へふたりまわった。右へもふたり。うしろにひとりまわった。正面にはまだ二人いる。あの二人を同時に倒せ、とビリーは言い、アウトローたちは銃を射つ。正面の二人が同時に倒れる。射ち合いが始まる。

「こういうことを忌み嫌う男たちがいるんだよ」

とビリーは仲間のアウトローのひとりに言う。

「どんな奴らだい」

と、アウトローが訊く。

「この町に投資する資本家たちだとよ」

と答えたビリーは、

「俺はこういうの、好きだけれどね」

と言いざま、天窓を射つ。家のうしろへまわった男が屋根に上がり、天窓からビリーたちを狙おうとした。致命的に被弾したその男は、屋根の傾斜を転がって落ちていく。

というような射ち合いの場面だ。射ち合いにビリーたちが勝つけれど、アウトローたちともども、馬を走らせて町から逃げなくてはいけない。だからそのとおりにする。

ボブ・ディランが演じる役の人は、どこで登場するのか、現実の映画のなかでは、どこにいるのかまるでわからない。ビリーの昔からの友人だという設定で、エーリアスという名前があたえてあるが、いらないと言えばそのとおりだし、いないほうがいい、という意見だってあり得る。脚本のなかに、エーリアスという役が、おそらく意図してのことだろう、まったく作られていない。

クリス・クリストファスンは好演しているが、彼が提示するビリー・ザ・キッドは、明らかに一面的なものだ。ディランもクリストファスンも、もったいない、と言っていい。ディランは音楽を担当し、サウンド・トラックはＬＰになりＣＤにもなった。いまでも手に入る。クリストファスンはビリーを演じるだけで、ふたりとも画面のなかでは、音楽とはなんの関係もない。これは残念だ。音楽の場面を作り、そのなかにふたりを置きたい。

ビリーの昔からの友人でありエーリアスはいま音楽に取り込まれている、という設定はどうか。ある日の昼下がり、エーリアスの家の裏で、エーリアスのディランがギター・ソロを披露し、ビリーのクリストファスンは壁に上半身をもたせかけ、目を閉じてエーリアスのギターを聴いている。ディランがギターで弾く曲は当然のことながら彼が作曲したもので、メキシカンの影響がはっきりとある、美しい曲だ。ディランがそれを弾き終えると、目を閉じたままクリストファスンが、

「歌詞をつけろよ」

と言う。さらに続けて、

「長い詩を書くのが好きだったじゃないか」

と言わせると、観客は楽しく笑うだろう。

ビリー・ザ・キッドが最後に射たれてあっけなく絶命するくだりも、要再考だ。夜の時間に女性とふたりでベッドのなかで過ごし、終わってから、

「腹がへった」

と言って家の外にある食料貯蔵庫へ上半身は裸で出ていく、という展開は陳腐ではないか。

この最後の場面ではパット・ギャレットは射撃自慢の手下をひとり連れていき、自分の射った弾は意図してビリーをはずし、手下が射った弾がビリーを倒す、という思惑をうまく実現させる。そうとは気づかない手下は、自分の射った弾がビリーを倒したことに、現場でおおいに興奮する。

エーリアスを結婚させるといいのではないか。祝いに来たビリーにエーリアスとその妻は夕食を準備する。手伝うビリーは材料を家の外にある貯蔵庫まで丸腰で取りにいき、待ち構えていたパッ

トとその手下に射たれる、という展開は好ましい。パットはエーリアスの家に入る。彼とその妻が呆然としているなかで、パットはビリーのガン・ベルト、そしてホルスターに納まったままの六連発を持って出ていく、という終わりかたはどうか。

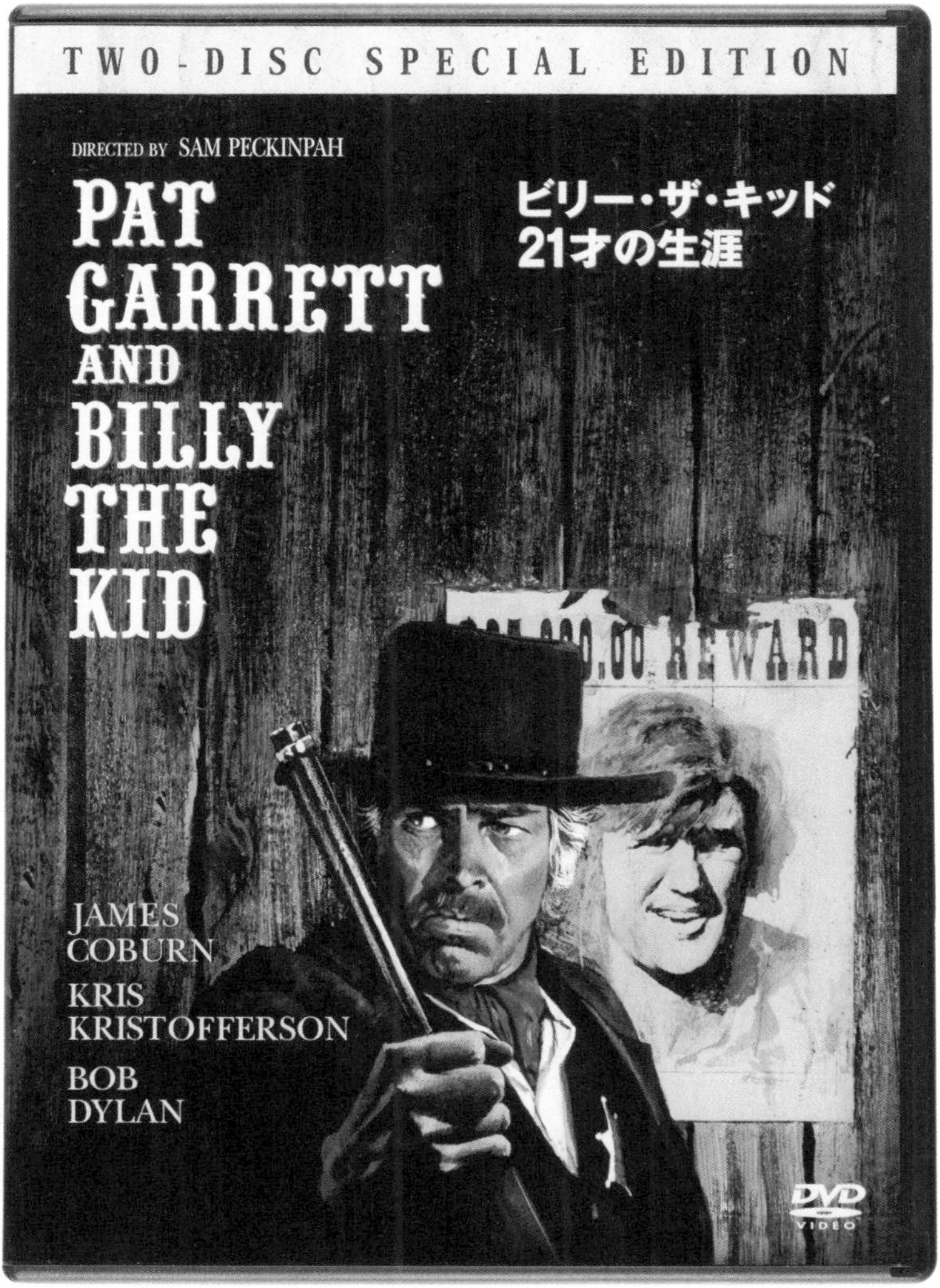
TWO-DISC SPECIAL EDITION
DIRECTED BY SAM PECKINPAH
PAT GARRETT AND BILLY THE KID
ビリー・ザ・キッド
21才の生涯
REWARD
JAMES COBURN
KRIS KRISTOFFERSON
BOB DYLAN

始まりの終わりの始まりの始まり

The Last WaltzのＤＶＤを観た。クレディットのなかに、プロデューサーとして、ロビー・ロバートソンの名が、赤い文字で、彼ひとりだけで、画面にあらわれた。そうか、そうだったのか、と僕は思った。舞台の映像のあいだに、インタヴューが何度かはさまれる。これは成功しているとは思えない。インタヴューしているのは、この映画を監督したマーティン・スコールセッシだろう。ザ・バンドのメンバーたちは喋らない。ガース・ハドソンは最後にひと言ふた言だ。比較するとロビーは喋った。十六年だよ、という言葉を彼は繰り返した。三度だったか。一九七六年の十一月二十五日に、サンフランシスコのウィンターランド・アリーナで、The Last Waltzと呼ばれているザ・バンドの解散コンサートがおこなわれた。そこから起算して十六年前とは一九六〇年だ。後にザ・バンドとなる青年たち五人がひとつところに揃ったのは、一九六一年の暮れだった。この項目の標題は、ロバートソンがスコールセッシにインタヴューで語った言葉を日本語にしてみたものだ。The beginning of the end of the beginning of the beginning. とロバートソンは言っていた。

　リーヴォン・ヘルムだけがアメリカ生まれだ。一九四〇年にアーカンソー州で生まれた彼が幼い頃から熱心に聴いたのは、ナッシュヴィルやメンフィスから届くラジオ番組のなかの、カントリー・ソングやブルースそしてリズム・アンド・ブルースだったという。その彼は十八歳でロニー・ホーキンズのロックンロール・バンドに加わった。一九五八年のことだ。

ロビー・ロバートソン。リック・ダンコ。リチャード・マニュエル。この三人はおなじ一九四三年の生まれで、ロバートソンはトロント、そしてダンコとマニュエルはオンタリオに生まれた。遠くナッシュヴィルから届くＷＬＡＣ局の５万ワットのラジオ電波をつかまえた彼らが聴いたのは、ヘルムとおなじくカントリー・ソングやブルースそしてリズム・アンド・ブルースだった。

　ロバートソンはトロントでロニー・ホーキンズとザ・ホークスのステージを見ている。ロニーに見込まれたロバートソンは十六歳のとき、ベース奏者としてホーキンズのバンドに加わった。そして一九六〇年、十七歳のダンコも、ロニー・ホーキンズのライヴを見ている。次の年、十八歳のとき、ロニー・ホーキンズのバンドはふたたびオンタリオに来た。このときダンコはすでにバンドを組んでいて、そのバンドはロニーの前座を務めた。ロニーに誘われたダンコはロニーのバンドに加わった。マニュエルもオンタリオでロニー・ホーキンズとステージをともにした。ロニーのバンドからピアニストが抜け、これは大きなチャンスだと友人たちに後押しされ、一九六一年、十八歳のとき、マニュエルはホーキンズのバンドのメンバーとなった。

　ガース・ハドソンは一九三七年にオンタリオのロンドンで生まれた。彼の音楽体験は半端なものではなく、その証拠にと言っていいかと思うが、一九五四年からロニー・ホーキンズはハドソンを自分のバンドに誘っていた。ハドソンが加入したのは一九六一年のことだった。彼もまた、アメリカのリズム・アンド・ブルースに強く心を惹かれていた。

　のちにザ・バンドとなる五人の青年たちは、ザ・ホークスとして一九六一年から、ロニー・ホーキンズのバッキング・バンドの仕事を始めた。一九六三年の後半、彼らは揃ってホーキンズのもとを去った。アメリカから来た本物のロックンロール、というステージ・ショーをあらかじめきめたとおりに繰り返すホーキンズとの、音楽観のへだたりが大きくなりすぎたためだ。

青年たちはカナダへ戻り、そこで仕事を進め、一九六五年の夏には、いっしょにやらないか、という電話をボブ・ディランから受けた。アクースティックからエレクトリックになったディランは、ともにステージに出るバンドを必要としていた。ザ・ホークスはボブ・ディランに選ばれたのだ。一年間、観客から執拗に届くブーイングに耐えて、ザ・ホークスはディランとともにステージに出た。リーヴォン・ヘルムはブーイングに耐えられず、途中でメンバーを抜けた。そして一九六六年、ボブ・ディランはモーターサイクルで事故を起こし、そのときの怪我をきっかけのようにして、ステージ活動を停止した。ザ・ホークスの四人はウッドストックに移り住み、ビッグ・ピンクと呼ばれた家で、自分たちの音楽の追求を始め、やがてそこにディランが加わり、リーヴォン・ヘルムが呼び戻された。

ザ・ホークスの五人は、アメリカ南部からのラジオ電波で届くブルースやリズム・アンド・ブルース、そしてカントリー・ソングに強く共感した過去を、共通の体験として持っている。その彼らにもうひとつ共通しているのは、ロニー・ホーキンズだ。ホーキンズが作り出す音楽への共感よりも、彼のバッキング・バンドとしてステージに出て体験を積むことを、その後の自分にとっての消すことの出来ない背景へと転換できたことが、大きかったのではないか。良いメンバーでかためていると自分も良く見えるからね、というホーキンズの発言がある。

The Last WaltzのＤＶＤは三十五ミリ・フィルムを使う七台の撮影カメラで撮影されたフィルム

を、編集の作業でつなぎなおし、これで完成だろう、と判断されたものだ。編集の段階で捨てられたもの、あるいはもともと撮影されなかったものは、見ることが出来ない。

入場料はひとり二五ドルで、コンサートの前に感謝祭の七コースの夕食があった。椅子とテーブルが人数分だけ用意された。夕食のあいだ舞台で演奏したのは、三十八人編成のバークレー・プロムナード・オーケストラで、ワルツのプロフェッショナル・ダンサーが三組、踊りを披露した。この夕食や演奏は撮影されず、食事が終わると椅子とテーブルはかたづけられ、そのあとでコンサートとなった。まずリーヴォン・ヘルムにスポット・ライトが当たり、ザ・バンドはUp On Cripple Creekを演奏した。コンサートがすべて終わり、ロバートソンはThank you……goodnight……goodbye. と観客に言った。コンサートのあとはおなじ舞台でスーパー・スターたちによるジャム・セッションがおこなわれた。

ＤＶＤを見ているとロニー・ホーキンズが最初に登場するが、彼が舞台にあらわれたのは、四十分の休憩の少し前だった。ザ・ラスト・ワルツの舞台にいるのがうれしくてたまらない様子だったロニーは、昔となんら変わらない歌とアクションをしてみせた。

休憩のあいだに何人かの詩人が舞台に登場した。ローレンス・ファリンゲッティがThe Lord's Prayerの作り直しを語ったのは、たいそう愉快だった。このコンサートでもっとも良かったのは、ここだったと僕は思っている。

昔のままのステージをロニーは見せる。ザ・バンドの五人は、とっくに遠いところへいっている。そこを観るだけでもThe Last Waltzには価値がある。カルヴァー・シティのＭＧＭスタジオで撮影

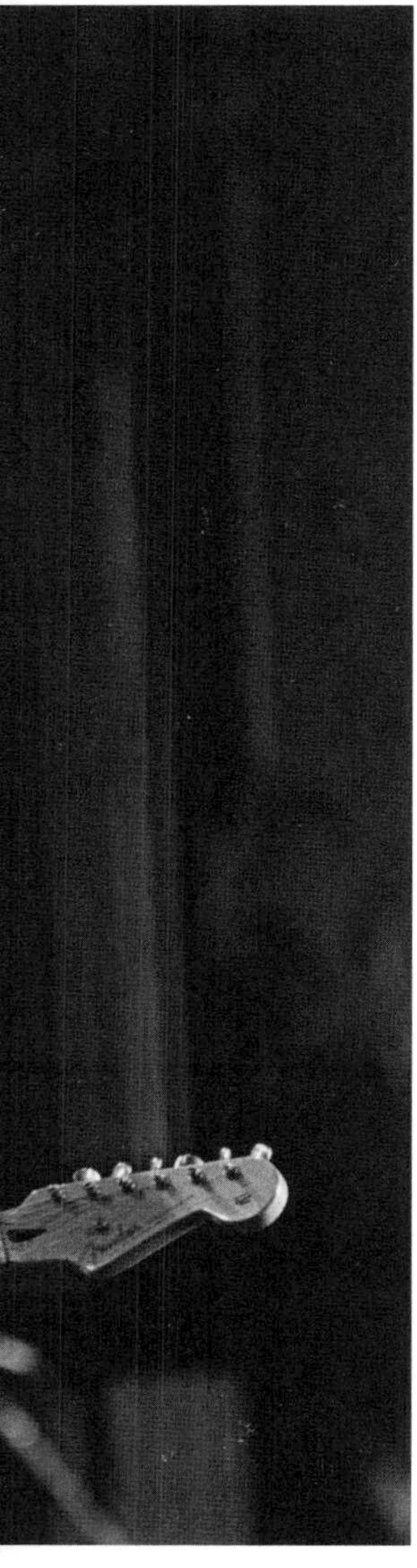

されたエミールー・ハリスの場面もいい。彼女が歌い終えてからの数秒の映像が素晴らしい。

観始めて一時間ほどが経過したとき、ロビー・ロバートソンによるザ・バンドについての、出来るだけ正確な記述を読みたい、と僕は思った。ロビーによる伝記がTestimonyという題名で二〇一六年に刊行されていることを、僕は知らなかった。この伝記に沿うものとして、おなじ題名でCDが一枚、市販されている。このCDでは、ロバートソンの音楽体験をたどることが出来る。このCDを聴き、伝記を読む、という作業を繰り返してそれを終えたなら、The Last Waltzを観るといい、というのが僕の意見だ。

ザ・ホークスやザ・バンドについてロバートソンの文章で読みたいと僕が思ったのは、もっとも書けそうなのは彼だ、という気がしたからだ。ロバートソンでなければリーヴォン・ヘルムだろうかと思ったら、Levon Helm and the Story of The Bandという著作が一九九三年に刊行されていた。

このことも僕は知らずにいた。

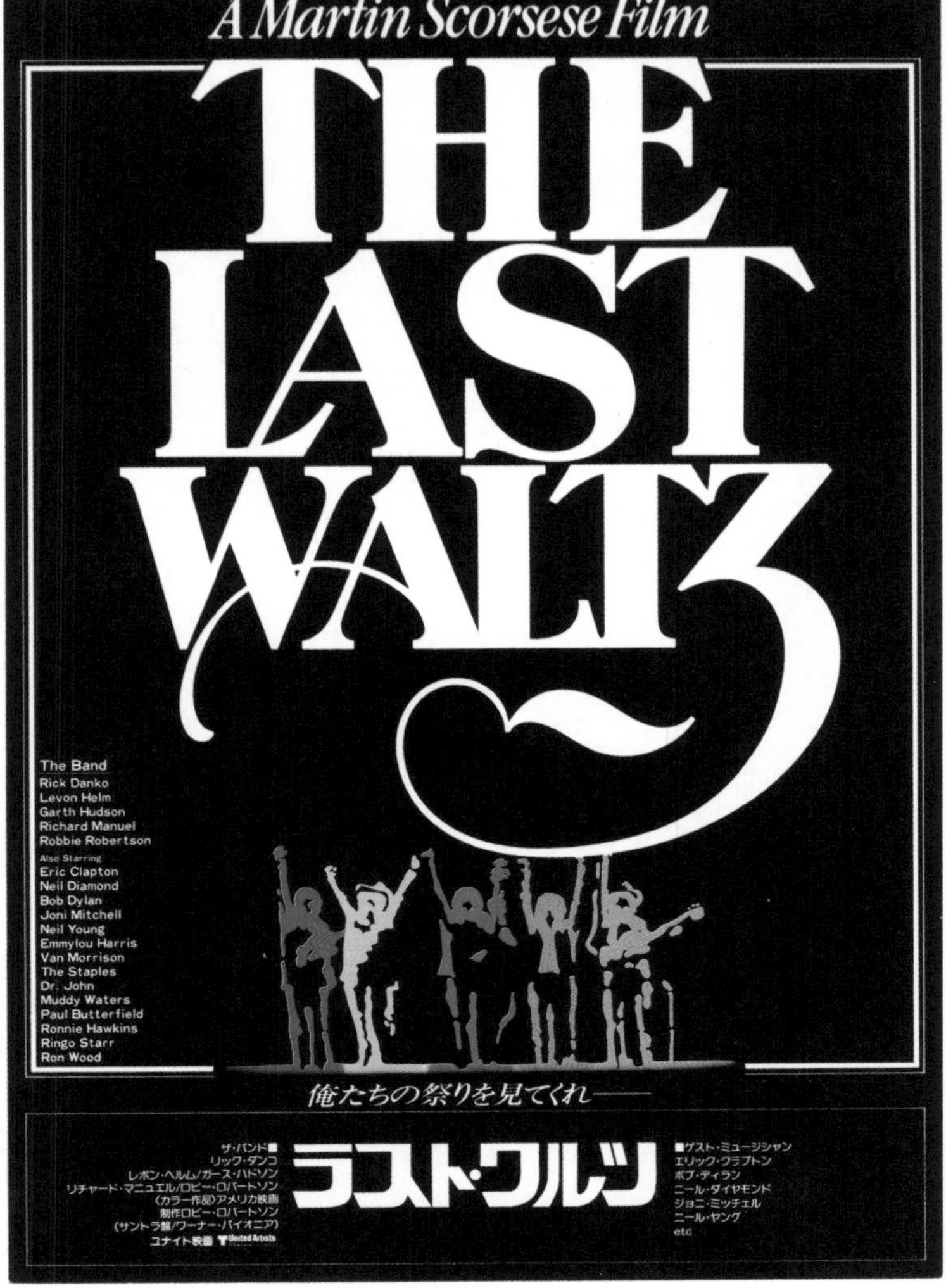
A Martin Scorsese Film
THE LAST WALTZ
The Band
Rick Danko
Levon Helm
Garth Hudson
Richard Manuel
Robbie Robertson
Also Starring
Eric Clapton
Neil Diamond
Bob Dylan
Joni Mitchell
Neil Young
Emmylou Harris
Van Morrison
The Staples
Dr. John
Muddy Waters
Paul Butterfield
Ronnie Hawkins
Ringo Starr
Ron Wood
俺たちの祭りを見てくれ——
ザ・バンド■
リック・ダンコ
レボン・ヘルム/ガース・ハドソン
リチャード・マニュエル/ロビー・ロバートソン
〈カラー作品〉アメリカ映画
制作ロビー・ロバートソン
（サントラ盤/ワーナー・パイオニア）
ユナイト映画 United Artists
ラスト・ワルツ
■ゲスト・ミュージシャン
エリック・クラプトン
ボブ・ディラン
ニール・ダイヤモンド
ジョニ・ミッチェル
ニール・ヤング
etc

答えはいまも風に舞っている

一九九二年十月十六日、ニューヨークのマディソン・スクエア・ガーデンで、ボブ・ディランの三十周年コンサートが開催された。ディランの最初のＬＰ、Bob Dylanが一九六一年の十一月に録音されてから三十年が経過したのを祝って、という意味だ。このコンサートのぜんたいの記録がブルーレイのＤＶＤになっていて、日本でも市販されている。カラーの16対9の画面で２２６分ある。

自分自身についてかつてディランが語った音声と映像がふたとおり、このＤＶＤの冒頭で紹介される。ひとつは一九六五年の十二月三日にサンフランシスコでおこなわれた記者会見からのものだ。自分をどうとらえていますか、という質問に対して、二十四歳のボブ・ディランは、ソング・アンド・ダンス・マンです、という返答で応じた。このときの記者会見もそのぜんたいがＤＶＤになっていて、市販されている。そのＤＶＤについてはすでに書いた。もうひとつは、確かNo Direction Homeという16ミリ映画フィルムからのものだ。ごく短い言葉で自分にレッテルを貼ってみてください、と記者に言われたディランは、僕はギター奏者です、それだけです、と応じた。

最初のＬＰから三十年が経過したことを祝うコンサートを記録したＤＶＤの冒頭に、このふたとおりの映像とその音声が引用されている。五十一歳となっていたボブ・ディランという人を説明してあまりある引用かと思うが、そのことを越えて僕が痛切に感じるのは、このコンサートの出来ばえに関する、主催者たちが持った揺らぐことのない自信だ。このＤＶＤを編集する段階では、コンサートはとっくに終わっていて、その評価は高いところにすでに定まっていたのだから、揺らぐことのない完璧な自信は、このコンサートという現実の出来事の隅から隅までの出来ばえによっても、裏づけられていた。

これだけの自信がどこから生まれて来るのか。選曲とその順番、そしてそれぞれの歌を誰に歌ってもらうかという、三種類の選択結果の、これ以上の正解はあり得ないと当事者の誰もが信じたはずの、見事としか言いようのない正解ぶりだ。そこに自信の根源がある。リハーサルは気のすむまでおこなわれる。舞台は出来ていく。照明のプログラムが詳細に何度も検討されていく。修正があらゆる箇所に重ねられていく。撮影に関しても、手はずは万全だ、というような言いかたが恥ずかしくなるほどに、入念に細心に、あらゆることを考えに入れて、組み上げられたはずだ。

選曲とその順番、そして誰が歌うのかという選択に、間違いがあることは許されない。したがって、間違いのどこにもない、完璧なものが、やがて出来上がった。一曲目はLike A Rolling Stoneしかない。この歌をすでにカヴァーしていた歌手たちの音源のすべてを、直接の関係者たちは、何度も繰り返し聴いたことだろう。ジョン・メレンキャンプという選択はこの上なく正しい。コンサートを重くするのは、なんとしても避けなくてはいけない。軽く始めなくてはいけない。それはどのような軽さなのか。メレンキャンプが持っている独特の軽さを支える歌唱とアクションに女性歌手をふたりつけると、これ以上のものはないという意味で、最初の歌の歌い手としてじつにふさわしい。

さらなる問題は二曲目だ。この歌をなににするか。Blowin' In The Windしかない。これが一曲目ではいけない。三曲目でも、そしてそこからのどこにあっても、絶対によくない。二曲目、という位置しかない。そしてその位置は、歌手との相性を考え抜くことによって、唯一の正解に到る道でなくてはいけない。正解はスティーヴィー・ワンダーしかない。彼は一九六六年にこの歌をカヴァーしてレコードにし、そのレコードはヒットした。一九九二年のワンダーは四十二歳だった。うってつけ、というのはこのことではないか。ちょうどいい年齢だ。

歌う前にワンダーは一万八千人の観客に向けて、この歌について語っている。この語りに関しては、綿密な打ち合わせがおこなわれただろう。語りかたはワンダーにまかせていつものとおりになるとして、その内容に関しては、主催者側が方向を示したはずだ。そしてその方向はひとつしかない。ワンダーの意向をよく確かめた上で、それを自分たちの望む方向に、寸分たがわず重ねたのだ。Blowin' In The Windの歌い手としてワンダーを選ぶ以前に、ワンダーの語りの内容をどの方向のものにするか、主催者たちはすでにきめていただろう。ワンダーの語った内容が、そしてその語りかたが、どの方向に向かうかによって、このコンサートの性格は決定される。主催者たちが望んだまさにその方向へコンサートを向けたことによって、ワンダーはその役目を完璧に果たした。

ここからクリス・クリストファソンのI'll Be Your Baby Tonightまでが、ひとつの段落だ。彼の歌うこの歌が、コンサートの始まりからここまでの、ひとまずの仕上げをしていると同時に、ここから先に向けての、すでに方向の定まったコンサートの、きわめて有能な出演者たちによるなんの無理もなく進む自由な展開の、始まりともなっている。

曲順とはそれぞれの歌を歌う人の順番であり、そこには緩急のつけかたの、底の知れない巧みさ

を見ることが出来る。一例をあげると、エディ・ヴェダーとマイク・マクレディのMaster Of Warが「急」で、ジューン・カーター・キャッシュとジョニー・キャッシュによるIt Ain’t Me Babeが「緩」だ。

　出演者や曲目、さらにはボブ・ディランが出演するのかどうかすら、事前に明らかにされてはいなかった、という話を僕は日本語で読んだ。ＤＶＤの冒頭に、観客の何人かが、撮影カメラに向かって短いコメントを述べている。そのなかに若い女性がいて、これだけの曲を揃えるのはじつにすごいことだ、と語っている。少なくとも曲目とそれを歌う歌手たちの名前は、公表されていたと考えていいのだろう。

　この女性のコメントも含めて、ＤＶＤの冒頭にある画像は興味深い。マディソン・スクエア・ガーデンにステージが設営される日の、さまざまな機材の運び込みの様子は一見に値する。英語では現場用語としてload inと言っている。日本語なら、たったいま僕が書いたとおり、運び込み、となるのだろう。ボーナス・トラックを別にして、ディランの作品を二十九とおりのカヴァーで、映像つきで聴くことが出来る。この二十九曲をディランの歌唱だけで聴きなおしてみると、感銘は深まるだろうか。

Blu-ray Disc
DELUXE EDITION
BOB
DYLAN
The 30th Anniversary Concert Celebration

時間に淘汰されることなく残る美しい曲とは

Bob Dylan MTV Unpluggedと言う題名のＤＶＤを店舗の棚で見たので購入した。店舗とは、町田のタワーレコードだ。パッケージの文言から僕が想像したのは、次のようなことだった。Unpluggedという ＭＴＶのシリーズがあるのだろう、そしてそのシリーズのなかのひとりがディランで、それがこのＤＶＤなのだろう。一九九四年十一月十七日と十八日の二日間で撮影されたコンサートでの、ボブ・ディランの歌う姿だ。ニューヨークにあったソニー・ミュージック・ステュディオスでそのコンサートはおこなわれたという。ＭＴＶで放映するヴィデオを撮影するためのコンサートだったか。ＭＴＶで放映されたときには割愛された四曲が加わって、ＤＶＤでは全十二曲だ。

全曲をディランは濃い色のサングラスをかけて歌っている。予定していた曲をすべて歌い終え、彼だけがステージを下がり、アンコールに応えて舞台に出て来たときも、このサングラスをはずさずに歌った。ディランのすぐ右、ややうしろに、ギターがひとりいる。単なるリズム・ギターではなく、役割はもっと大きい。ディランの左には、右のギターよりは離れた位置に、ストリング・ベースがいる。そのさらにうしろの位置でステージを左右からはさんで向き合い、スティール・ギターとオルガンがいる。いちばん奥、ディランの真後ろに、ドラムスが壁を背にしている。

ディランの歌を聴いていてやがて発見したのは、ディランが作ってきたのは美しい曲だったのだ、という事実だ。単なるきれいなメロディではなく、容赦なく経過していく時間のなかで、淘汰され

ることなく残っていくという、硬質なものを持った美しい曲だ。そのことをバンドの人たちはよく承知していたようだ。この曲はもうじき終わりますよ、という意味を託された編曲の部分にさしかかると、観客からの歓声と拍手が盛大に重なり、どの曲も頂点に達していく。

ディランの歌は、いまの自分が歌えばこうなるという歌であり、それ以上でもそれ以下でもない。予定していた曲をすべて歌い終え、ディランだけがステージを下がる。アンコールに応えてあらわれたディランはサングラスをかけたままだ。アンコールの曲が終わってから、ディランはサングラスをはずす。拍手と歓声のなかで、観客席のあちこちに彼は笑顔を向け、会釈する。五十代なかばで彼が到達した地点がそこにある。

DYLAN
BOB
MTV
DVD
VIDEO
UNPLUGGED™

答えを探すのはとっくにやめたよ

この映画、Masked And Anonymousの１０６分のなかに、ジョークがふたつある。ボブ・ディランが演じるジャック・フェイトという人物が、中南米のどこか架空の国の牢獄のようなところに、なんらかの理由で幽閉されている。内乱その他ですべてはめちゃくちゃになっている国だ。ジャック・フェイトは歌手だ。かつては多大な人気を誇ったのだが、いまでは忘れられた人だ、という設定になっている。その彼が、なんらかの理由でチャリティ・コンサートの唯一の出演者に選ばれ、解放される。

牢獄が地下にある建物の、一階の外へと出て来たフェイトは、入口の階段にすわっているチーチ・マリンの演じる男に、どこへいくんだ、と訊かれて、あっちのほう、と答える。ここからふたりが交わす短いやりとりは、ジョークとして秀逸だ。

もうひとつのジョークは映画のなかほどにある。ジョン・グッドマンの演じる男と、ルーク・ウィルスンの演じる男のふたりが、昼間の野外とおぼしきところを、なんらかの用事で、どこかへ向けて、急ぎ足で歩いている。そのときウィルスンが、状況とはなんの関係もなしに、突然、ジョークを言う。

このごく短いジョークを、僕はひとまず次のように説明する。ふたとおりの動物がポーカーをしている。どうしてもそのひと言を言わなくてはいけない状況になり、片方の動物がそのひと言を言

うと、そのとたん、動物はひとつ増えて三とおりになっている。このように説明することも出来る、面白く笑えるジョークだ。

　１０６分でジョークはふたつだ。もうひとつあると、決定的に多い。だから、ふたつなのだ。脚本のクレディットにはふたりの男性の名があげてある。ボブ・ディランと監督ラリー・チャールズの変名の、ふたとおりだ。いつばれてもいい、という程度の変名なのだろう。いい映画だ。

　二〇〇二年六月、ボブ・ディランはネヴァー・エンディング・ツアーというものをおこなっていた。そのツアーが休みの期間に、二十日間という短期間で、四百万ドルの予算のもとに、場所はＬＡだけで、この映画は撮影されたそうだ。そして二〇〇三年一月のサンダンス・フィルム・フェスティヴァルで、最初の公開がおこなわれた。日本でも公開されたが、僕はまったく知らなかった。

　ボブ・ディランと、彼が演じているジャック・フェイトとは、重なるのか。別々だ、と僕は判断した。映画の最後の部分で、体のうしろで両手に手錠をかけられたフェイトが、自動車でひとりど

こかへ連れていかれる。その画面にBlowin' In The Windの歌が重なる。演じたのはディラン、そして演じられた架空の人はフェイトだ。このふたとおりの人物が、最後の場面でくっきりとふたつに分かれて、立ちあらわれる。いい映画だ、と僕が言うのには、このような意味もある。

映画のなかで使われている歌の多くはディランが作ったものだ。そのディランの曲のカヴァーをたくさん聴くことが出来る。ディランの曲のカヴァー集に映画としての映像がついたもの、ととらえて楽しむことも可能だ。そのなかには、ディランが歌い演奏しているものもある。映画のなかのディランは当時の彼のバック・バンドといっしょだ。このバンドはいい。名前をあげておこう。ギターがチャーリー・セクストンとラリー・キャンベル、そしてアップライト・ベースがトニー・ガーニエ、ドラムスがジョージ・リシリの四人だ。

七月の二日間を使って、ジャック・フェイトのコンサートの場面が撮影された。撮影は録音でもあった。九曲が録音され、八曲が映画のなかに登場し、四曲まで減らしてサウンド・トラックのCDに収録された。ボブ・ディランの歌のさまざまなカヴァーがこの映画に登場している。映画を観ればすぐにわかる。冒頭には日本のグループが日本語で歌うカヴァーもある。

Blowin' In The Windがヒットし、いろんな歌手たちによって盛んにカヴァーされていた頃から、六十年近くが経過している。それだけの時間のなかで数多くのカヴァーが重なり合い、そこにディラン本人の歌も加わり、ディランの原曲はどれもみな、その意味合いや含蓄は複雑で深い奥行きを持つようになり、その結果として、としか言いようがないが、撮影当時で六十一歳だったディランの歌声は、少なくともこの映画のなかで描出されている状況には、じつによくなじんでいる。聴いているときにかつて覚えた苦痛のような感触は、もはやどこにもない。その意味でも、この映画はいい映画だ、と僕は言う。

MASKED AND ANONYMOUS
MARCHING BAND PRODUCTIONS AND BBC FILMS PRESENT
A SPITFIRE PICTURES AND GREY WATER PARK PRODUCTION
A LARRY CHARLES FILM
"MASKED AND ANONYMOUS"
JEFF BRIDGES PENÉLOPE CRUZ BOB DYLAN JOHN GOODMAN JESSICA LANGE LUKE WILSON
ABIGAIL MURRAY LIBERMAN/PATTON CASTING C.S.A. BOB ZIEMBICKI
PIETRO SCALIA A.C.E. ROGIER STOFFERS N.S.C. NIKOLAI MAKAROV DAVID GAINES
ANATOLY FRADIS JOSEPH COHEN VLADIMIR DOSTAL
DAVID M. THOMPSON GUY EAST MARIE CANTIN PIETRO SCALIA
NIGEL SINCLAIR JEFF ROSEN BOB DYLAN SERGEI PETROV & RENE FONTAINE
LARRY CHARLES

この僕がいけないのか

I'm Not Thereという題名は、そこにいるのは本当の自分ではない、という意味だろうか。ディランの自作曲の題名だ。二〇〇七年にアメリカで公開された劇映画で、日本での公開は二〇〇八年だった。百三十六分ある。二時間十六分だ。日本で発売されたＤＶＤのパッケージから引用してみよう。次のとおりだ。「詩人、無法者（アウトロー）、映画スター、革命家、放浪者、ロックスター。実在のボブ・ディランのさまざまな人格を投影した六人のディラン。それぞれ名前も年齢も異なる六人のディランがくり広げる六人の物語。やがて明らかになる謎に包まれた伝説のアーティスト、ボブ・ディランの実像とは……」

　この映画はこのような内容なのだろうか。ほんとにこういう映画なのか。当時のアメリカがかかえていた問題を六つ抜き出し、それぞれを六人の男性に演じさせた六つの物語なのか。ボブ・ディランは謎でも伝説でもなかったが、「やがて明らかになる実像」とは、劇中にフィクションとして台詞で語られる、アーロン・ジェイコブ・エデルスタインという本名なのか、アメリカの中産階級のまんなかで生まれて育ち、父親は百貨店の経営者で、当人は誰からも褒められる良い子供だった、というようなことなのか。

　現実のボブ・ディランの、たとえば最初のＬＰが世に出たのは一九六二年で、この年のアメリカは、ヴェトナム援助軍司令部を作り、キューバ危機を迎えていた。旧ソ連がキューバにミサイル基地を作ることに対抗して、アメリカはキューバを海上封鎖すると宣言した。十一月にはこの海上封鎖は解除された。一九六五年には北爆が始まり、おなじ年の夏にはＬＡのワッツで黒人による暴動があり、ワシントンではヴェトナム反戦平和行進がおこなわれた。六つの物語のなかのひとつはこの時代のものであり、ヴェトナム戦争が物語の進展に色濃く影を落としていることは確かだ。

　なにがどうなっているのかよくわからない、ということが六つの物語の展開に共通している。なにがどうなっているのかわからないから、ときおりこの映画を思い出しては、じつはどうなっているのかを、そのつど考えるための材料としての映画なのか。

　初めに登場する黒人の少年は、いったいなになのか。孤児として幼い頃から転々とし、そのような日々のなかで何人かの黒人の大人たちから、ギターの弾きかたやブルースの歌いかたを学んだ、という設定なのだろう。僕はエルヴィスのようになるかもしれない、と言って大人たちを笑わせる。自動車が欲しい、ヒッチハイクの生活は疲れる、とも彼は言う。その彼に関する最後の場面では、田舎道でとおりかかるトラックに乗せてもらえず、歩いていく彼のうしろ姿が描写される。彼が持っているギターのケースには、This machine kills fascists. と書いてある。ウディ・ガスリーのギターのボディに、おなじ言葉があったという。

　リチャード・ギアが演じている人物が、最後にホーボーとして貨物列車に無賃乗車する。有蓋でドアの開いている貨車に飛び乗るとき、自分よりも先に、ケースに入ったギターを、その貨車に放り込む。このギターがじつは、映画のいちばん初めに登場する、黒人の少年が持っていたもののようだ。ファシストたちを殺す機械、という言葉がケースに書いてある。ギアが演じているこの人物

は、何者なのか。どういう人なのか。なにをしようとしているのか。なにひとつわからないのは、この僕がいけないのか。僕のせいではないように思う。では、なにのせいなのか。ときどき思い出しては、こんなふうに考えをめぐらせなくてはいけないのか。

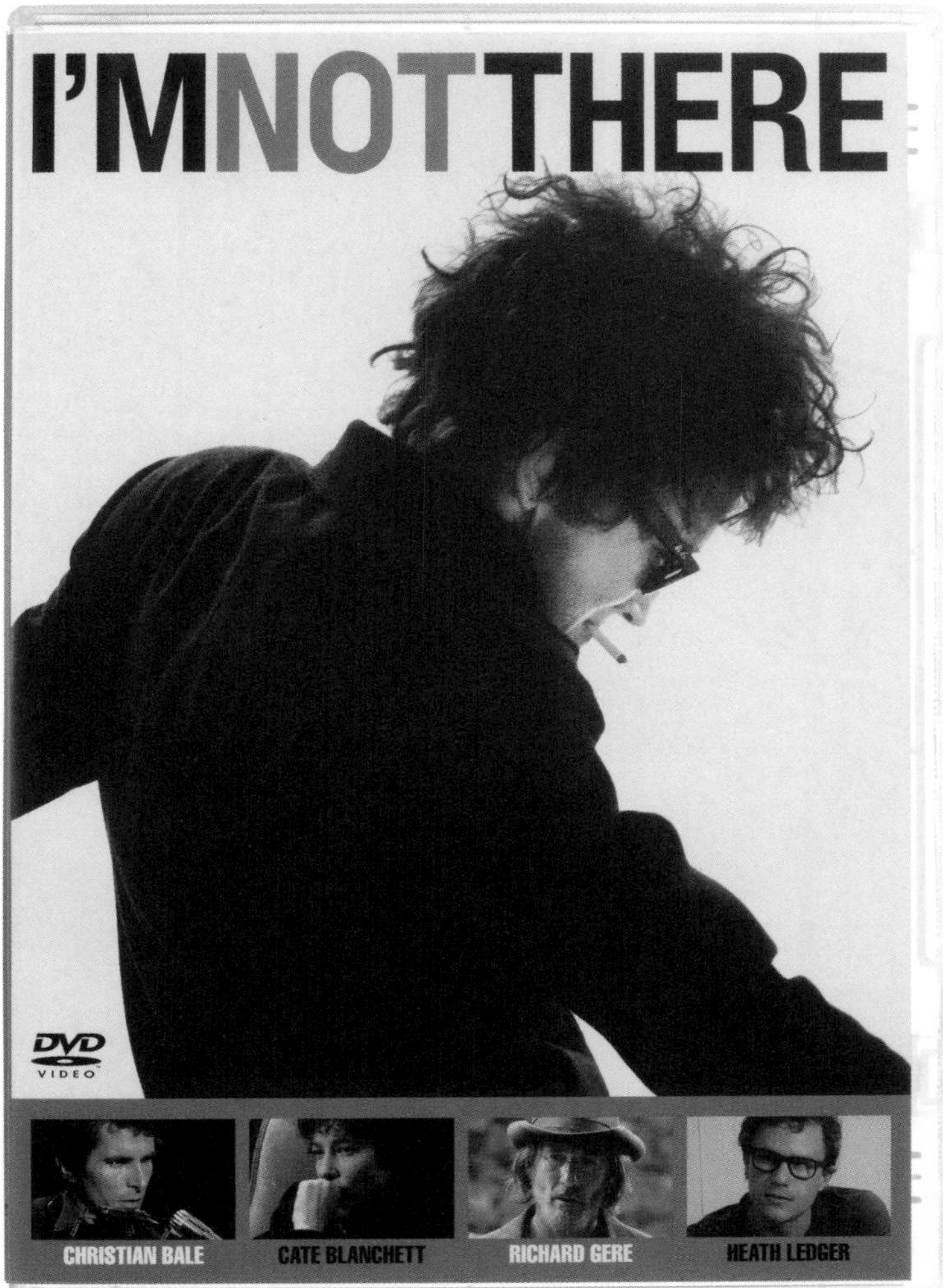
I'MNOTTHERE
DVD
VIDEO
CHRISTIAN BALE
CATE BLANCHETT
RICHARD GERE
HEATH LEDGER

そして
エルヴィス・プレスリーを
DVDで観る。

それは白黒シネマスコープの西部劇だった

一九五六年に二十世紀フォックスが製作して公開したLove Me Tenderという映画は、白黒シネマスコープの西部劇だった。題名に続くクレディットの画面では、リチャード・イーガンとデブラ・パジェットの下に、アンド・イントロデューシング、というきまり文つきで、エルヴィス・プレスリーの名があった。

レナード・マーティンは『クラシック・ムーヴィ・ガイド』のなかでこの西部劇を、so-so Westernと評している。まああの西部劇、というような意味だ。当時のハリウッドでの、映画の撮影現場の人たちにとっては、このような西部劇を作るのは難しくもなんともない、ルーティーンそのものだった。この程度の出来ばえの西部劇を子供の頃にいくつ観たかわからない、という意味において、この西部劇はよく出来ている。

一八六五年四月十日、という日付が冒頭の画面に重なる。南北戦争が終わった日だ。この日、戦争が終わったばかりとは知らない男たちが、汽車で運ばれていた北軍の現金を強奪する。戦争がまだおこなわれているあいだなら、知恵を働かせて勇敢にことにあたった男たち、として称賛されるはずだが、戦争は終わったばかりだった。だから男たちは、一万二千二百五十ドルという額の現金を奪った盗賊であり、北軍は彼らをどこへ逃げようとも徹底的に追いつめる構えだ。

兄弟三人を含む彼ら男たちは、兄弟たちの家へひとまずたどり着く。戦争のあいだ四年も留守にしていた家だ。ここで兄弟のいちばん下、四人目の青年であるクリント・リーノを演じるエルヴィス・プレスリーが、We're Gonna Moveという歌を歌う。この場面はじつによく出来ている。南部の農家のポーチだ。夕食のあと、寝るまでの時間、という設定だろう。歌うエルヴィスにとって、そのポーチは小さいけれどもステージだ。右側のドアの脇に母親役のミルドレッド・ダノックが椅子にすわっている。反対側にはデブラ・パジェットが、ふたりがけの籐椅子のようなものにひとりですわっている。いちばんの兄であるリチャード・イーガンはポーチへの階段にすわり、ポーチで歌う末弟のエルヴィスを見上げている。ウイリアム・キャンベルともうひとりの弟、ジェイムス・デューリーは、歌うエルヴィスに合わせて動き、ときたま合いの手を入れる。

　エルヴィスが歌う場面はもうひとつある。学校を作る資金をつのるため、広場のようなところでフェアが開かれる。木材を組んで作ったステージが作ってあり、アコーディオン、ドラムス、バンジョー、そしてギターの四人がすぐうしろにいるなかで、エルヴィスはPoor BoyとLet Meの二曲を歌う。この場面、そして彼が歌う二曲は、映画の展開によく合っていることを越えて、歌として素晴らしい。

　撮影監督はリーオ・トーヴァーという人だった。エルヴィス・プレスリーの歌いかたや動きかたを、冷静に観察したのちに、こう撮る、ときめてそのとおりに彼が撮った画面を、この映画のなかに見ることが出来る。先ほどのポーチで歌う場面で聞こえるバックアップ・ハーモニーは、ザ・ジョーダネアーズによるものではないか。ときどき聞こえるような細工がしてある、と僕は判断している。資金集めの現場でのエルヴィスに関しては、「弟の歌は以前から評判だったからなあ」と、リーノ兄弟の誰かが、画面外のような位置で、補完している。おなじステージにいる四人の楽士たちについては、ミュージシャンとして彼らは演奏しているわけではなく、役者がそれらしく演じているだけだろう、と僕は思っている。

『キネマ旬報』のRock Star in the Movieという特集に、かつて僕は「一九五七年のラヴ・ミー・テンダー」と題した文章を書いた。このなかで僕が次のように書いた部分がある。「フェアの会場に作られた木製のステージで彼が歌う場面では、当時の彼がステージ活動を常にともにしていた三人のミュージシャンたちが、そのまま出演している」。この記述は、僕によくあるまったくの記憶ちがいにもとづいて書かれたもので、正しくはこの本にいま書いたとおりだ。おなじことを書いているからという理由で、こうして書いておく。

エルヴィス・プレスリーが演じている、クリント・リーノという四人兄弟の末っこは、単純な性格の直情的な青年、という設定だ。直情的な人が激情にかられている様子は、演技の経験のない人には、演じやすい。スクリーン・テストですでに彼は合格している。その彼にあたえられた最初の役は、演じやすいキャラクターだった。そのとおりの演技を、画面に見ることが出来る。

資金集めのフェアに一家で出かける直前、家のなかでの、陽気にはしゃいですでに有頂天、という彼の様子はなかなか好ましい。彼は新しい服を着ている。兄たち三人が協力者の男たちを得て北軍から強奪した現金で、いちばん上の兄が買ったものだ。雑貨店に入って買い物をしたとき、南軍の通貨の受け取りをしぶる店主に、これならいいだろう、と強奪したばかりの北軍の現金から、紙幣を一枚、抜き取って店主に渡す。久しぶりに見るなあ、と店主は感激する。この一枚の紙幣から、

足がつく、という事態へと、よく出来た西部劇は展開していく。

最後の場面は、まだ新しく真っ白い墓石の下に眠るクリント・リーノに、一家が別れを告げる場面だ。誰もがどこかに、黒い色を身につけている。この映画のなかで使われた四曲の歌のうち、映画の公開よりも先にシングル盤として発売されたLove Me Tenderはたいへんな売れ行きとなった。『リーノ兄弟』という題名で公開されることになっていたが、Love Me Tenderへと変更された。題名の変更だけでは済まないのではないか、と考えた製作者たちは、映画のいちばん終わりに、Love Me Tenderという歌の、この映画にとっての主題となる部分をエルヴィスに歌わせて撮影したフィルムを加えた。伴奏は映画のなかで使用されたものとは異なり、オーケストラだ。

Love Me Tenderの撮影は八月二十二日から始まったという。このときすでに、映画の題名は、The Reno BrothersからLove Me Tenderに変更されていた、という説がある。九月の初旬に撮影は完了した。かかった費用は合計で百万ドルいかなかったそうだ。見事な低予算の西部劇だ。

少なくとも自分が出演する部分の撮影は終わったエルヴィス・プレスリーは、九月九日にエド・サリヴァン・ショーに初出演した。このとき、近く公開される映画の主題歌です、と言って、Love Me Tenderを歌った。レコード会社のＲＣＡは大量の注文を受けることとなり、十月の第一週にこの歌のシングル盤を発売した。十月二十日にビルボードのチャートで二位、そして十一月三日のチャートでは一位だった。どちらの場合にも、Don't Be CruelとHound Dogが、一位あるいは二位にいた。そして映画は十一月十六日からまずニューヨークで公開された。

映画のなかでエルヴィスによって歌われた四曲の歌は、撮影が始まった頃にはすでに出来ていたようだ。四曲とも、作詩作曲はケン・ダービィだった。レコード用の録音は八月の下旬から九月の上旬にかけて、二十世紀フォックスのサウンド・ステージを利用したスタジオで録音された。田舎ふうの音にはしたくないという理由で、それまでエルヴィスに演奏を提供してきたスコティ・ムーア、ビル・ブラック、D・J・フォンタナの三人のミュージシャンは使わず、自分のトリオであったケン・ダービィ・トリオが演奏にあたった。一九四二年にビング・クロスビーが歌った『ホワイト・クリスマス』という歌で、バッキング・コーラスをつけたのがケン・ダービィ合唱団だ。ヴォーカル・スーパヴィジョンという肩書で、クレディットにケン・ダービィの名がある。クレディットに名前があるといえばもうひとり、トム・パーカーの名が、テクニカル・アドヴァイザーとして、クレディットにある。映画ぜんたいの音楽監督を務めたのはライオネル・ニューマンだった。

Let MeにWe're Gonna MoveそしてPoor Boyの三曲はよく出来ている。この映画のなかでエルヴィスが歌う、という前提のもとに、短い時間のなかで、ケン・ダービィが作った。Love Me Tenderの原曲は一八六一年に作られたAura Leeという歌だ。誰がどう使ってもいい曲であり、日本の業界では、トラディショナル、と呼ばれている。四曲ともエルヴィス・プレスリーとヴェラ・マトスンのふたりの名義になっているが、ヴェラ・マトスンという名前はケン・ダービィの当時の奥さんの旧姓だということだ。

エルヴィスがハリウッドへ来てスクリーン・テストを受けたときには、バート・ランカスターとキャサリン・ヘップバーンのThe Rainmakerの製作が進行中だった。The Rainmakerのスクリプトをあたえられたエルヴィスは、フランク・フェイレンという性格俳優を相手に、スクリーン・テストのための演技を提供した。エルヴィスはThe Rainmakerでデビューするはずだったのだがトム・パーカーやハル・ウォリスが反対したから実現しなかった、という説がある。エルヴィス・プレスリーが俳優として契約したのはパラマウントであり、デビュー作のためには、二十世紀フォックスに貸し出される、というかたちをとったそうだ。

映画Love Me Tenderの中でエルヴィス・プレスリーが歌ったのは四曲だった。だとしたらその四曲は、少なくともＥＰ盤でレコードになったはずだ、と僕は思った。ＥＰ盤とはExtended Play盤のことで、シングル盤とおなじ直径だが、片面に二曲収録することが出来た。インタネット経由でアメリカで探し、見つけたらそこに注文するほかない。友人の篠原恒木さんがすべてを引き受けた。ここからあとに登場する音源は、すべて彼がアメリカその他で手に入れたものだ。

EPA-4006でSIDE 1はLove Me TenderとLet Me、そしてSIDE 2は、Poor BoyとWe’re Gonna Moveの、それぞれ二曲だった。マーキュリー・レコードのおそらくシングル盤の紙袋に入っていたが、新品同様の状態で、僕としてはひとまずこれで充分だった。

そうはいかないのは篠原さんだった。彼が注文したこのＥＰ盤は、相手のサイトにはピクチャー・スリーヴ入りで掲載されていた。ボール紙によるジャケットで、使ってあった写真は、映画Love Me Tenderの撮影中に、フォト・セッションで撮影されたものだ。宣伝用に撮影された写真かもしれない。映画の冒頭に登場するときの、農夫の服装をした彼が、木製の柵になかば寄りかかって左肩ごしに振り返っている写真だ。このピクチャー・スリーヴ入りでＥＰが手に入る、と自分は思っていたのに、届いたのはあなたが言うところのジェネリックな紙スリーヴ入りだったから、

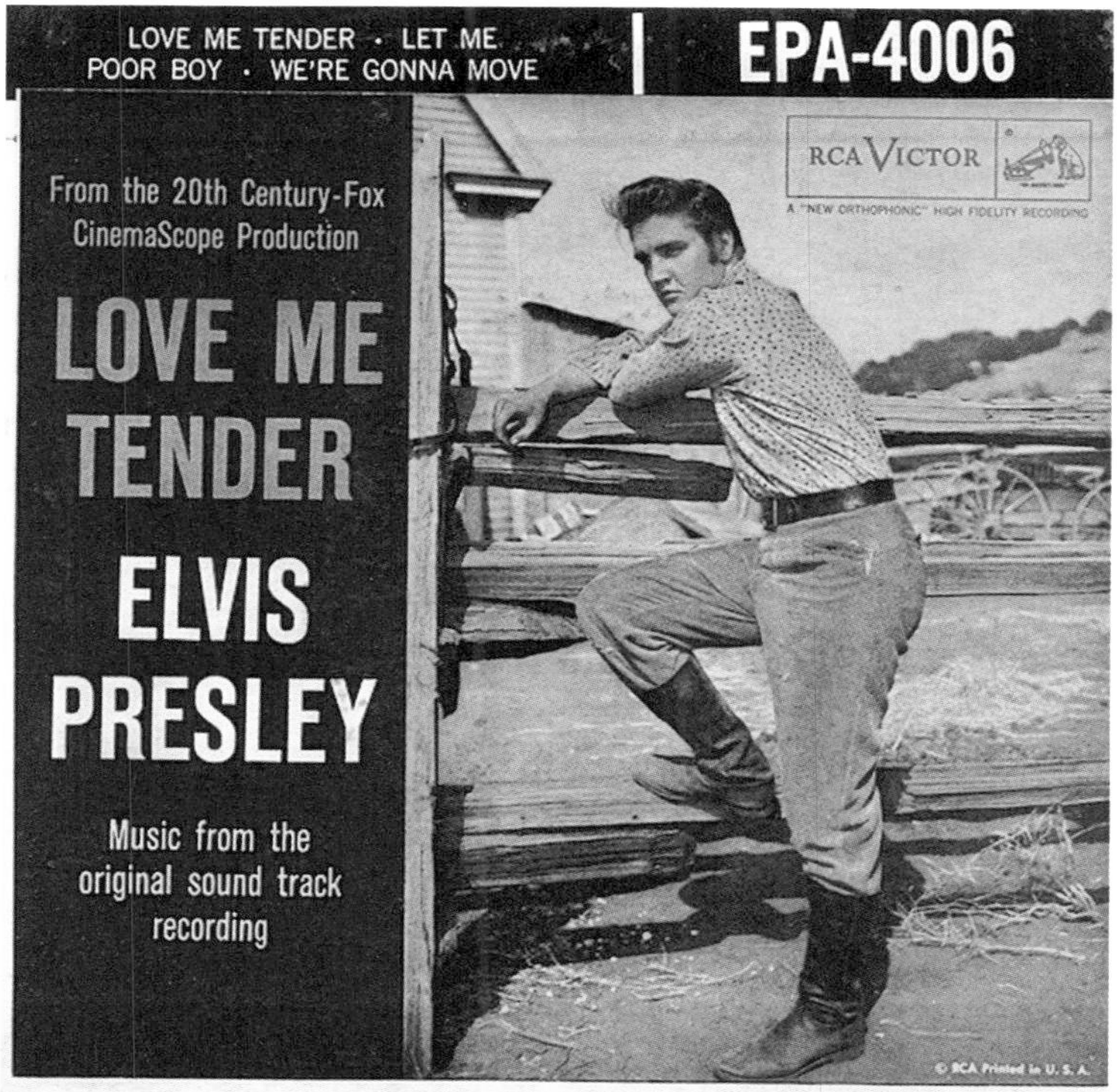
LOVE ME TENDER · LET ME
POOR BOY · WE'RE GONNA MOVE
EPA-4006
RCA VICTOR
A "NEW ORTHOPHONIC" HIGH FIDELITY RECORDING
From the 20th Century-Fox
CinemaScope Production
LOVE ME
TENDER
ELVIS
PRESLEY
Music from the
original sound track
recording
© RCA Printed in U.S.A.

ぜひともピクチャー・スリーヴを送ってほしい、と篠原さんはリクエストした。

　四曲入りのＥＰ盤を手に入れた満足感がおそらく影響していると思うが、Poor BoyとWe’re Gonna Moveの二曲は、どちらも、ＬＰをターンテーブルに置いて再生した自分が、記憶のなかに蘇ってきた。やがて判明したのは、Poor BoyはFor LP Fans OnlyというＬＰに、そしてWe’re Gonna MoveはA Date With ElvisというＬＰに、それぞれ収録されている、という事実だった。このＬＰは二枚とも持っている。しかし、あのあたりにあるはず、としか言えないところに収納されていて、取り出すには相当な労力を必要とするはずだ、というのが現状だ。見開き紙ジャケット仕様のA Date With ElvisのＣＤを篠原さんはアメリカから手に入れた。For LP Fans OnlyのＣＤは後日の課題として、Let Meはどこにも見つからなかった。篠原さんもおなじ意見だ。「Let MeはまったくＣＤになっていず、唯一、The Complete ’56 SessionsというＣＤに収録されているだけです」と彼は言っている。

　The Complete ’56 Sessionsは、クローム・ドリームズという英国の会社が製作した、十六ページのブックレットつきのＣＤだ。２００８年に発売された。僕は知らなかった。一九五六年にエルヴィス・プレスリーが録音したものすべてが収録されている。映画Love Me Tenderの四曲はもちろん収録してある。We’re Gonna Moveはふたとおりあり、ひとつはムーヴィ・ヴァージョンだという。

　一九九七年にＢＭＧエンタテインメントが日本で発売したＣＤに、Jailhouse RockとLove Me Tenderの、AN ORIGINAL SOUNDTRACK RECORDINGというＣＤがある。ここにはPoor BoyとLet

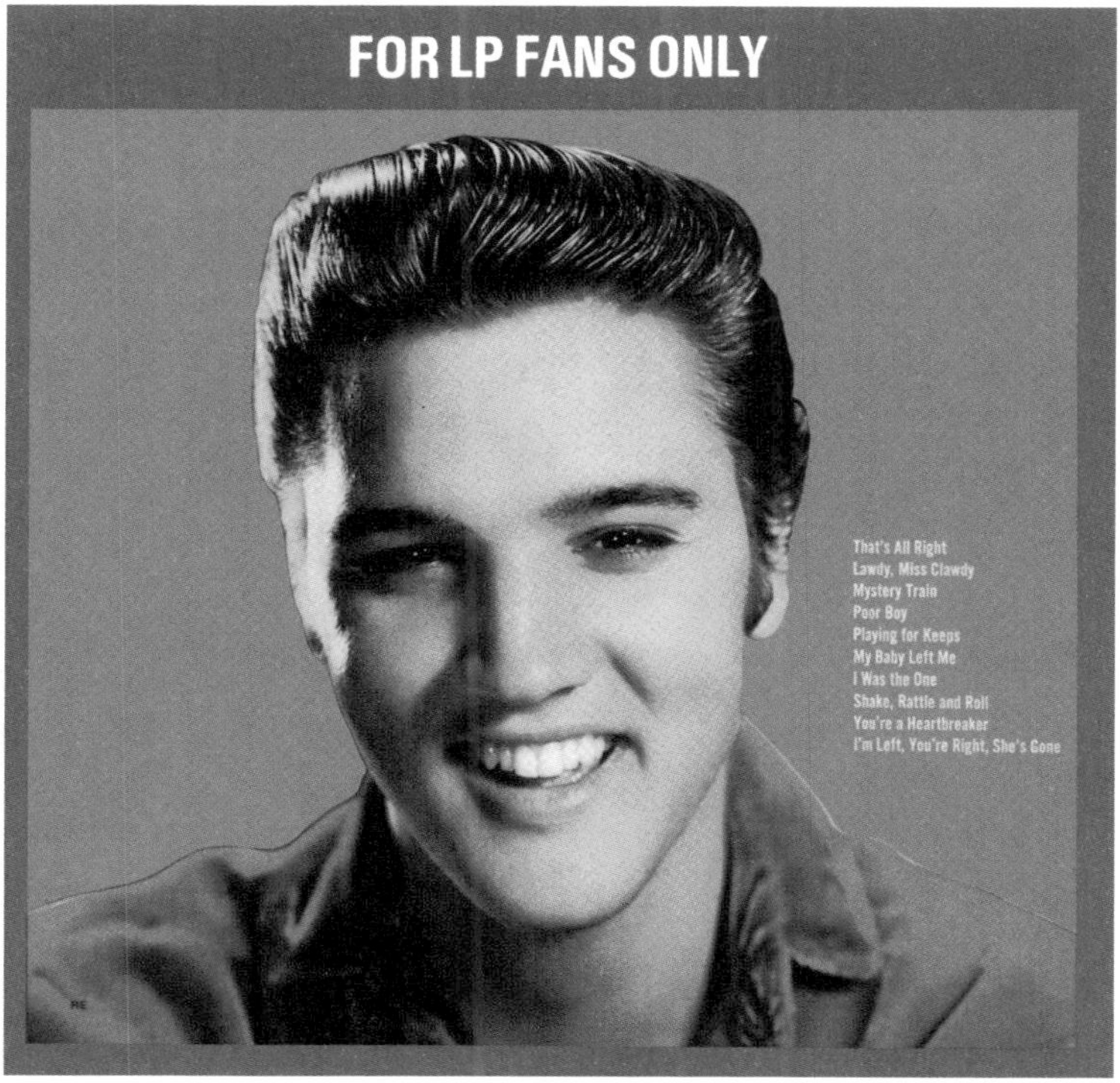
FOR LP FANS ONLY
That's All Right
Lawdy, Miss Clawdy
Mystery Train
Poor Boy
Playing for Keeps
My Baby Left Me
I Was the One
Shake, Rattle and Roll
You're a Heartbreaker
I'm Left, You're Right, She's Gone

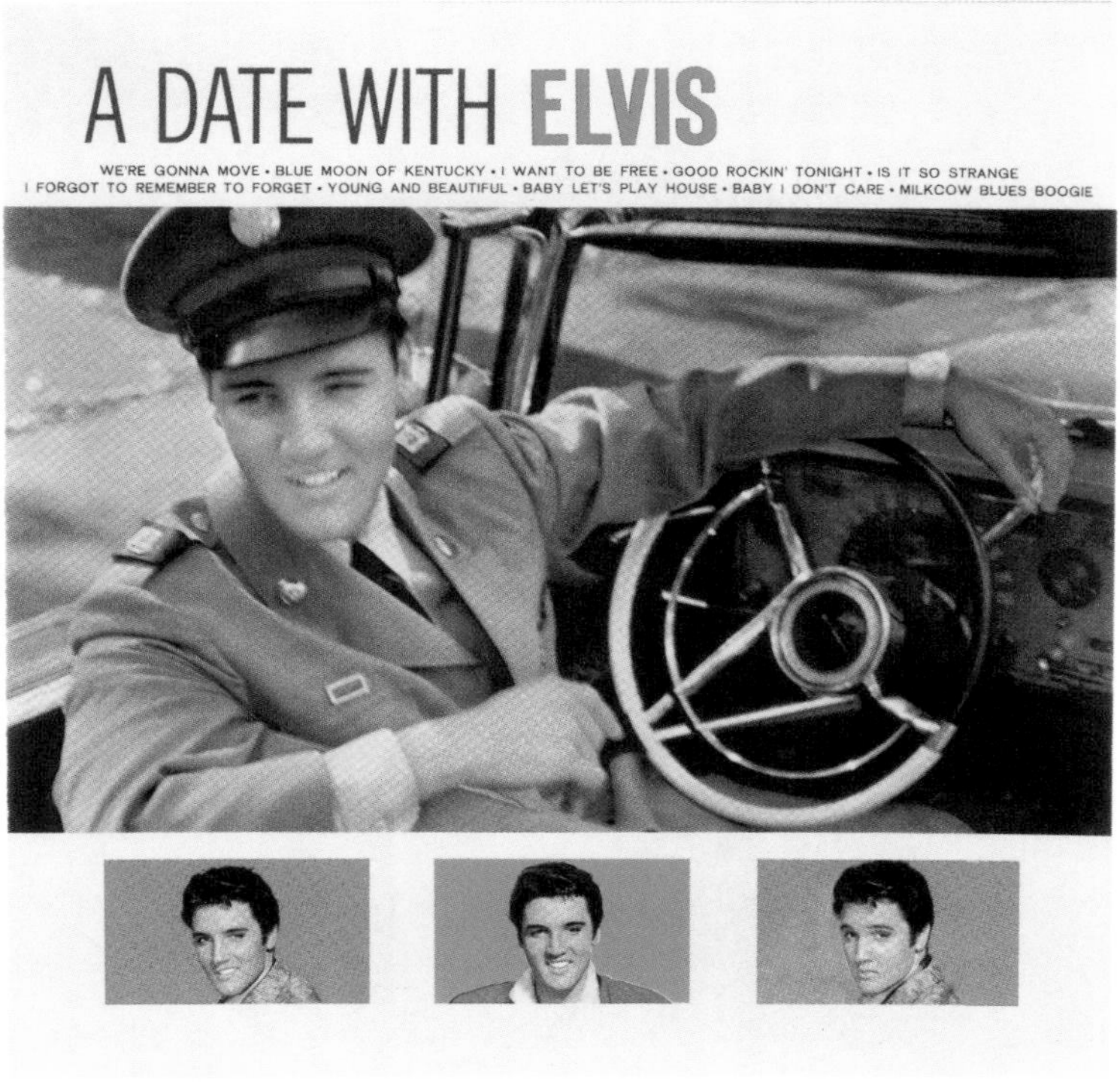
A DATE WITH ELVIS
WE'RE GONNA MOVE • BLUE MOON OF KENTUCKY • I WANT TO BE FREE • GOOD ROCKIN' TONIGHT • IS IT SO STRANGE
I FORGOT TO REMEMBER TO FORGET • YOUNG AND BEAUTIFUL • BABY LET'S PLAY HOUSE • BABY I DON'T CARE • MILKCOW BLUES BOOGIE

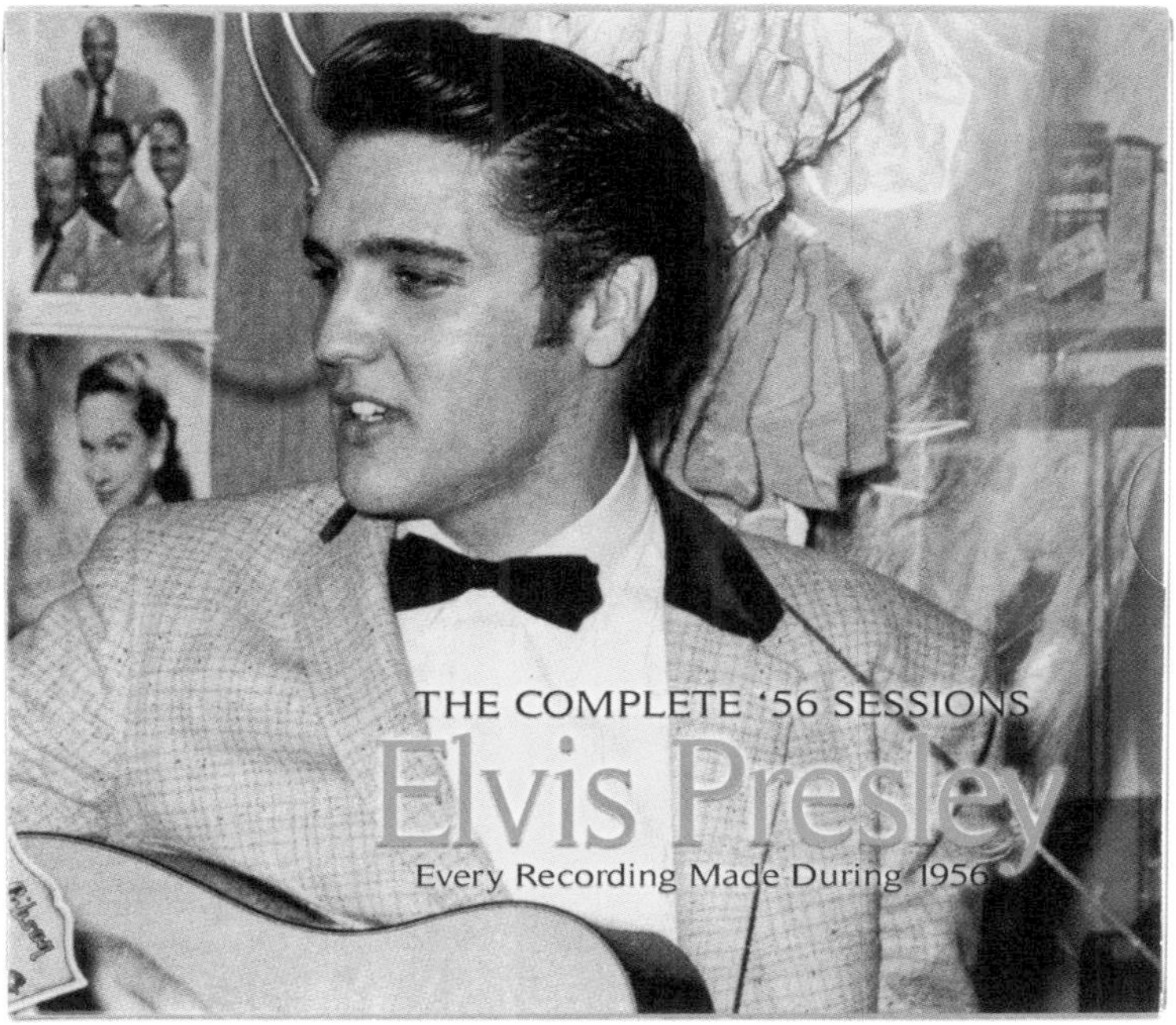
THE COMPLETE '56 SESSIONS
Elvis Presley
Every Recording Made During 1956

Me、そしてWe’re Gonna Moveの三曲が、それぞれふたとおりずつ、収録してある。Let Meのうちのひとつはsoloと注釈がついていて、エルヴィスの歌だけだ。

　メンフィス・レコーディング・サーヴィスが二〇一九年に二枚組のＬＰを作った。ELVIS THE COMPLETE ’50’s MOVIE MASTERS AND ALTERNATE RECORDINGSという題名だ。ＬＰは１８０グラムで二十三ページのブックレットがついている。ブックレットの裏表紙をジャケットに貼りつけたから、二十三ページだ。題名のとおり、エルヴィス・プレスリーが一九五〇年代に主演して歌った四つの映画の、歌が収録してある。映画Love Me Tenderからは、Let Meのテイク３と、We’re Gonna Moveのテイク４を聴くことが出来る。さきほど挙げたＢＭＧのＣＤでは、We’re Gonna Moveのテイク９を聴くことが出来た。

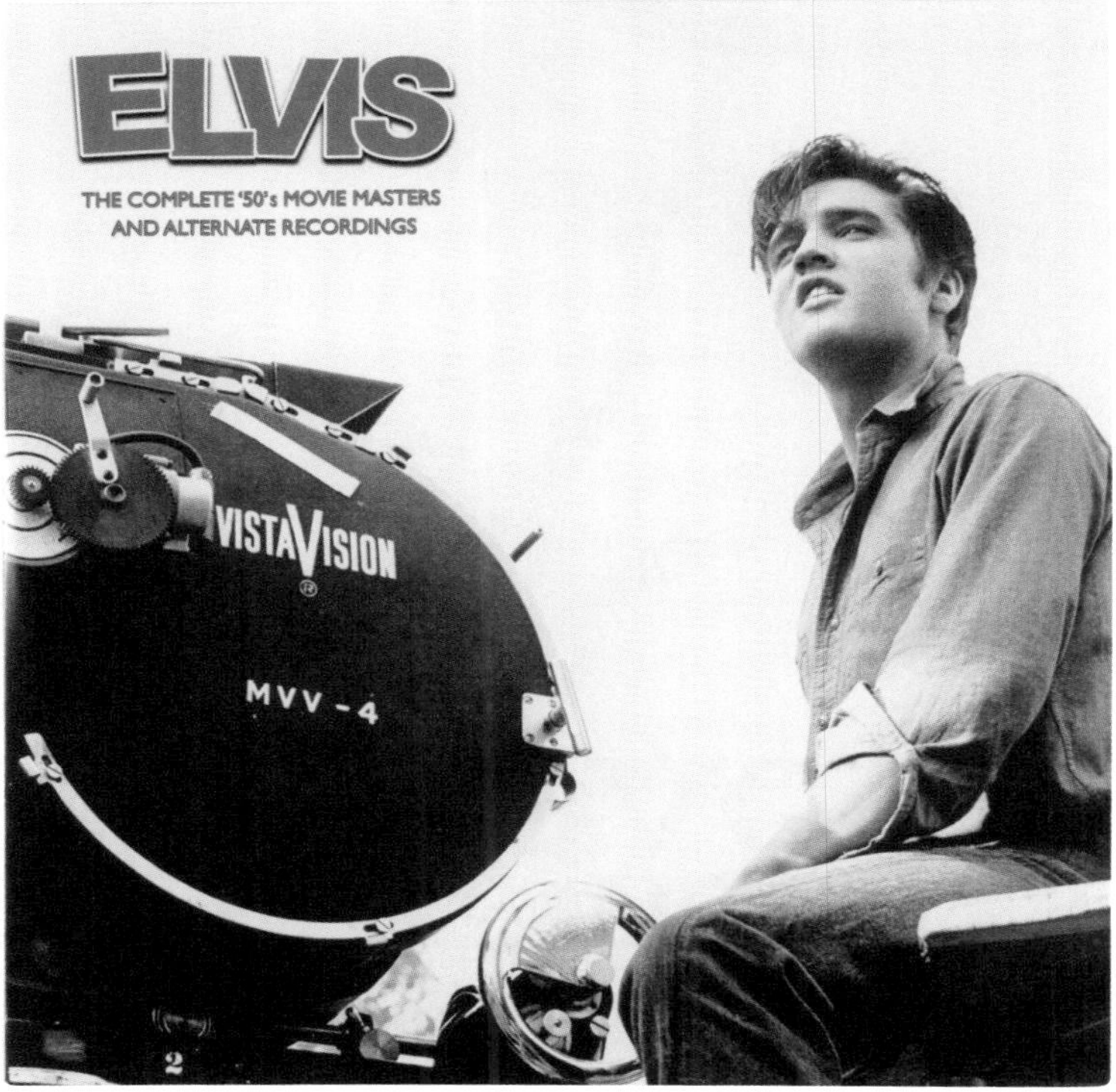
ELVIS
THE COMPLETE '50's MOVIE MASTERS
AND ALTERNATE RECORDINGS
VISTAVISION
MVV-4
2

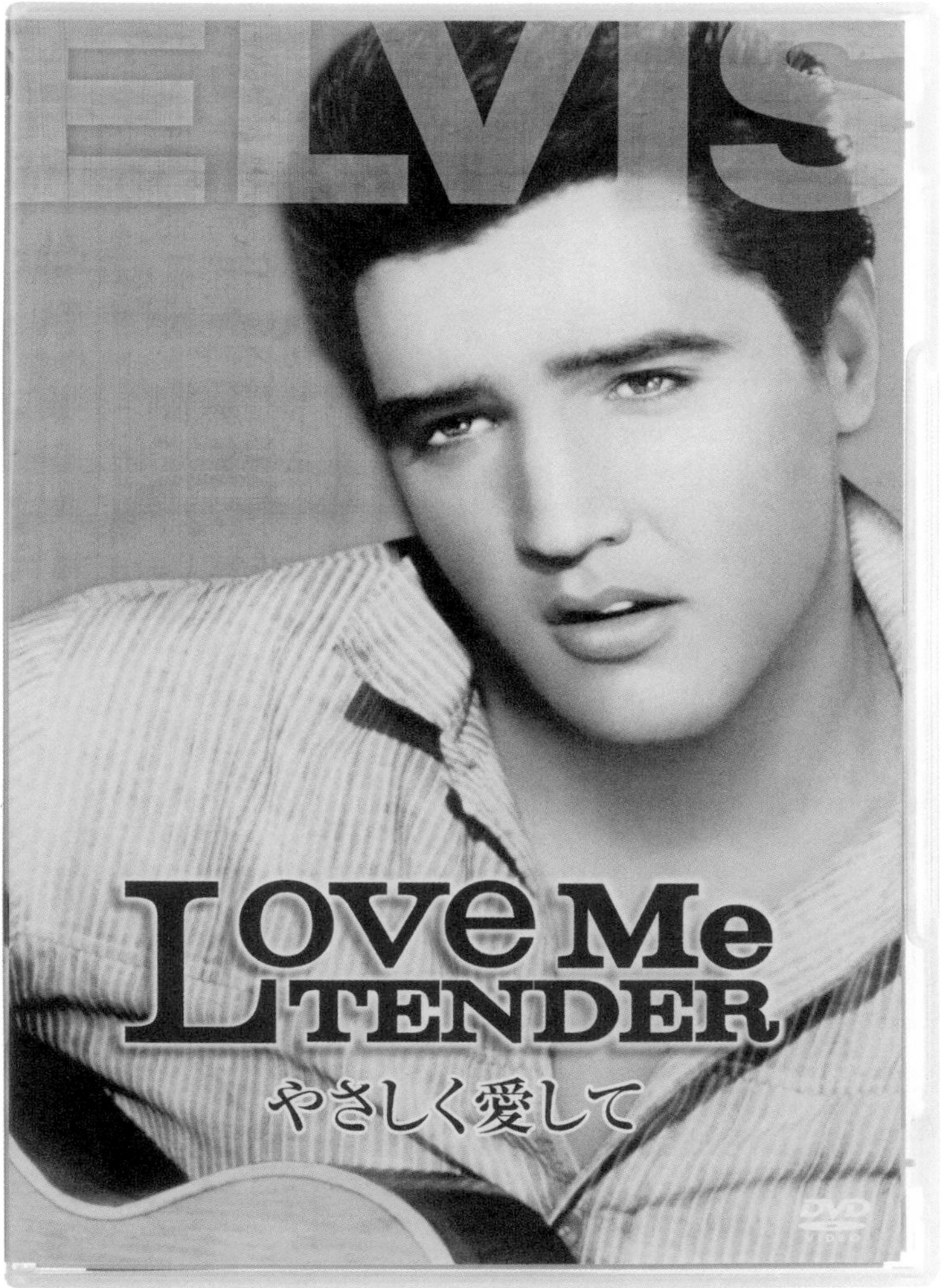
ELVIS
LOVE Me
TENDER
やさしく愛して
DVD

さまよう青春とは、歌のうまい青年が歌手になる話のことか

ウェンデル・コーリーがカントリー歌手を演じている。役名はウォルター・テックス・ワーナーだそうだ。かつては多くの人たちに歌われ、いまでは忘れられたかのような歌の、最後の四小節でも歌うか、とも思ったのだが、そんなことはなかった。彼は一度も歌わない。楽器にも触れない。彼が持っているバンドの名称は、ラフ・ライディング・ランブラーズだ。エルヴィス・プレスリーの演じるディーク・リヴァーズがステージで歌ったあと、『キャンディ・キッセズ』のメロディーが聞こえる。これは設定としては、彼のウェスタン・バンドによる演奏だろう。バンドのメンバーには、スコティ・ムーア、ビル・ブラック、Ｄ・Ｊ・フォンタナがいる。ギターがもうひとりいる。ＣＤに記載されているところによると、この人はタイニー・ティムブレルだ。ピアノを弾いているのはダドレー・ブルックスかもしれない。

彼のバンドにはグレンダという美しいパブリシストがいる。かつてはウォルターと結婚していたが、いまは離婚して夫婦ではない、という設定だ。少なくともいまのところ、パブリシストとは名ばかりで、バンドが自動車で移動していく経路に沿って、点在する小さな町々に電話をかけては、カントリー・バンドにご用はないかどうか、売り込むのが仕事だ。エルヴィスが最初に歌うのはトワンダという町だった。ロングホーンという町では夜のコミュニティ・フェアに便乗し、ハロッズヴィルではライオンズ・クラブが催したバーベキューにステージをかけた。

そのグレンダがテキサス州アマリロの仕事を取った、と得意そうにウォルターに告げる場面がある。ウォルターは心の底から嬉しそうだ。小さな町を次々に縫っていくワン・ナイト・スタンドのバンドにとっては、そしてそのバンドの所有者にとっては、アマリロでの仕事は確かに嬉しいものだろう。「アマリロかあ。俺も大きくなっていくなあ。アマリロは都会だ。都会には歩道というものがあってね、人々はそこを歩いている。アマリロの次はシカゴ、そしてシカゴの次はニューヨークだ」と、ウォルターは言う。アマリロでは巡査は靴を履いてるからなあ、という台詞もあったような気がする。

歌のうまい青年であるディーク・リヴァースを、グレンダは町のなかでのほんのちょっとした成り行きとして見つけてくる。そしてウォルターのバンドのステージへ無理やり押し上げて歌わせる。ディークはバンドのメンバーからギターを借りる。明らかに小さい。そして色は濃い。おなじメンバーからおなじギターを借りる描写が二度ある。

三度目はない。メンバーになったディークにウォルターがギターをプレゼントするからだ。エルヴィスにとっては、ほんの少しだけ大きい、と僕は思う。色はバンドのメンバーから借りていたのとは対極の、明るい色だ。「これからはいくら弦を切っても自分のギターだからな」とバンドのメンバーがディークに言う。彼に借りたギターの弦をディークは切ったからだ。夢中で激しく弾いたから弦が切れた、という設定なのだろう。ウォルターからプレゼントされたこのギターをエルヴィスがケースに収めて蓋を閉じ、金属製の小さなロックをかける描写が、二度ある。テーブルのようなところに平たく横たえた描写も二度か三度あった。このギターを、そして衣装を進呈されたすぐ

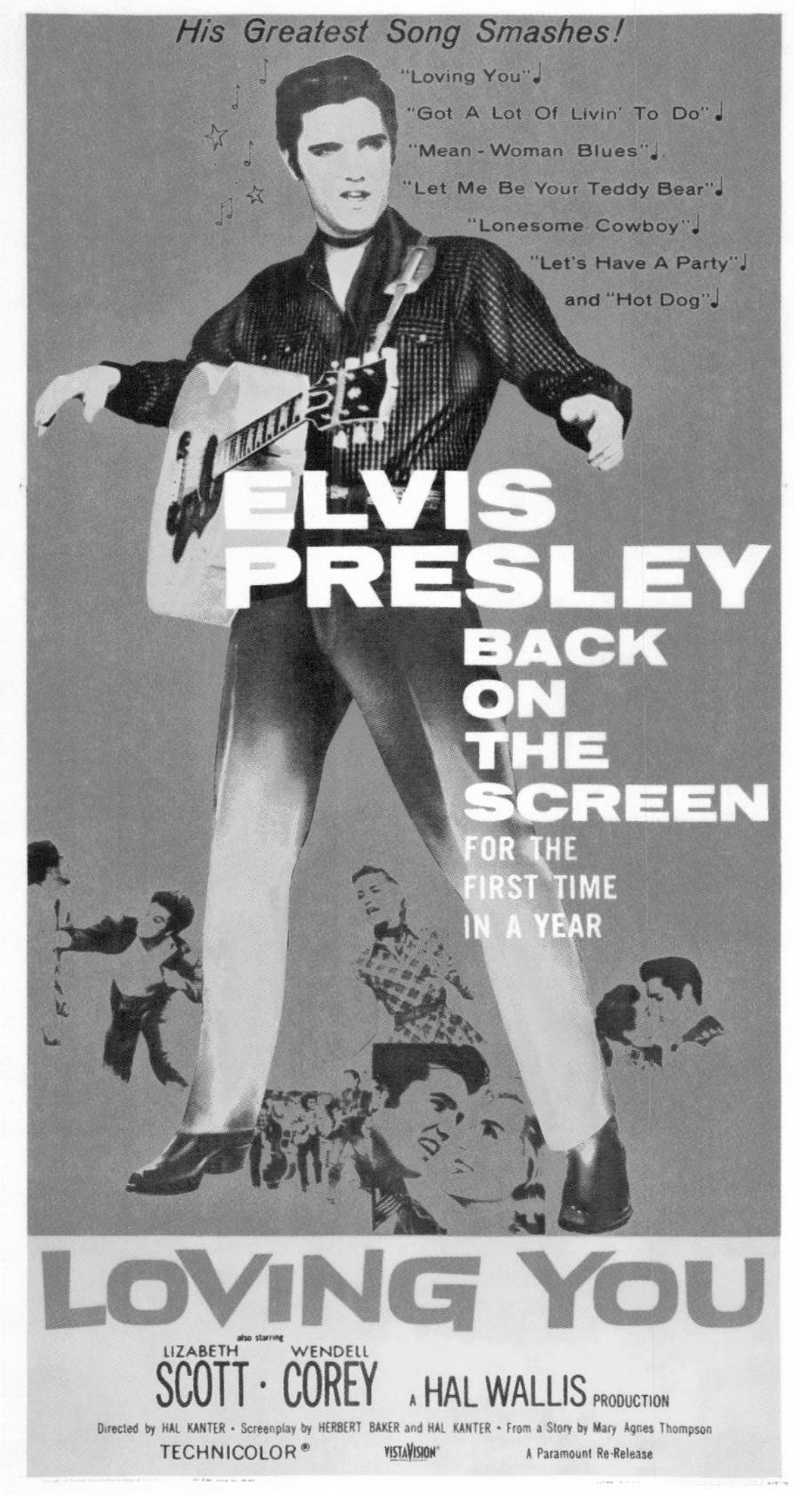
His Greatest Song Smashes!
"Loving You"
"Got A Lot Of Livin' To Do"
"Mean-Woman Blues"
"Let Me Be Your Teddy Bear"
"Lonesome Cowboy"
"Let's Have A Party"
and "Hot Dog"
ELVIS PRESLEY
BACK ON THE SCREEN
FOR THE FIRST TIME IN A YEAR
LOVING YOU
also starring
LIZABETH SCOTT · WENDELL COREY
A HAL WALLIS PRODUCTION
Directed by HAL KANTER • Screenplay by HERBERT BAKER and HAL KANTER • From a Story by Mary Agnes Thompson
TECHNICOLOR®
VISTAVISION
A Paramount Re-Release

あと、その衣装とそのギターで、エルヴィスはLonesome Cowboyを歌う。

舞台に出て歌を歌う前のディークは、食料品店の配達係をしていた。配達が遅いという理由で解雇される。ディークはウォルターのバンドつきの歌手にならざるを得ない。そしてディークには人気がある。特に若い女性たちに人気だ。「そろそろ名前を変えてみるのも、いいかもしれない。見るからに、聞くからに、ロックンロールのような名前に」と、幻想をウォルターは嬉しそうに語る。

おなじ部屋にいるディークがそれを聞き、ほとんど血相を変えて、ウォルターにつめよる。ディーク・リヴァースはいい名前だ、それを変えるつもりは自分にはまったくない、と彼はウォルターに言う。このときのエルヴィスの調子は、明らかに強い。こういう演出と演技なのだろうか、とそのときは思ったが、伏線だった。そしてその伏線は、のちほど、わかりすぎるほどにわかりやすく、絵解きをほどこされる。

Loving Youは最初、Lonesome Cowboyだったという。その次にはRunning Wildという題名に変更された。エド・サリヴァン・ショーにエルヴィスが最後に出演したとき、エド・サリヴァンはこの題名で、この映画のことに触れている。撮影は一九五七年の一月二十一日に始まり、三月の初旬には撮了となった。エルヴィスにとって最初のカラー作品となったこの映画は、七月九日にメンフィスのストランド劇場でまず公開され、七月の三十日にアメリカ各地で公開された。邦題は『さまよう青春』だ。

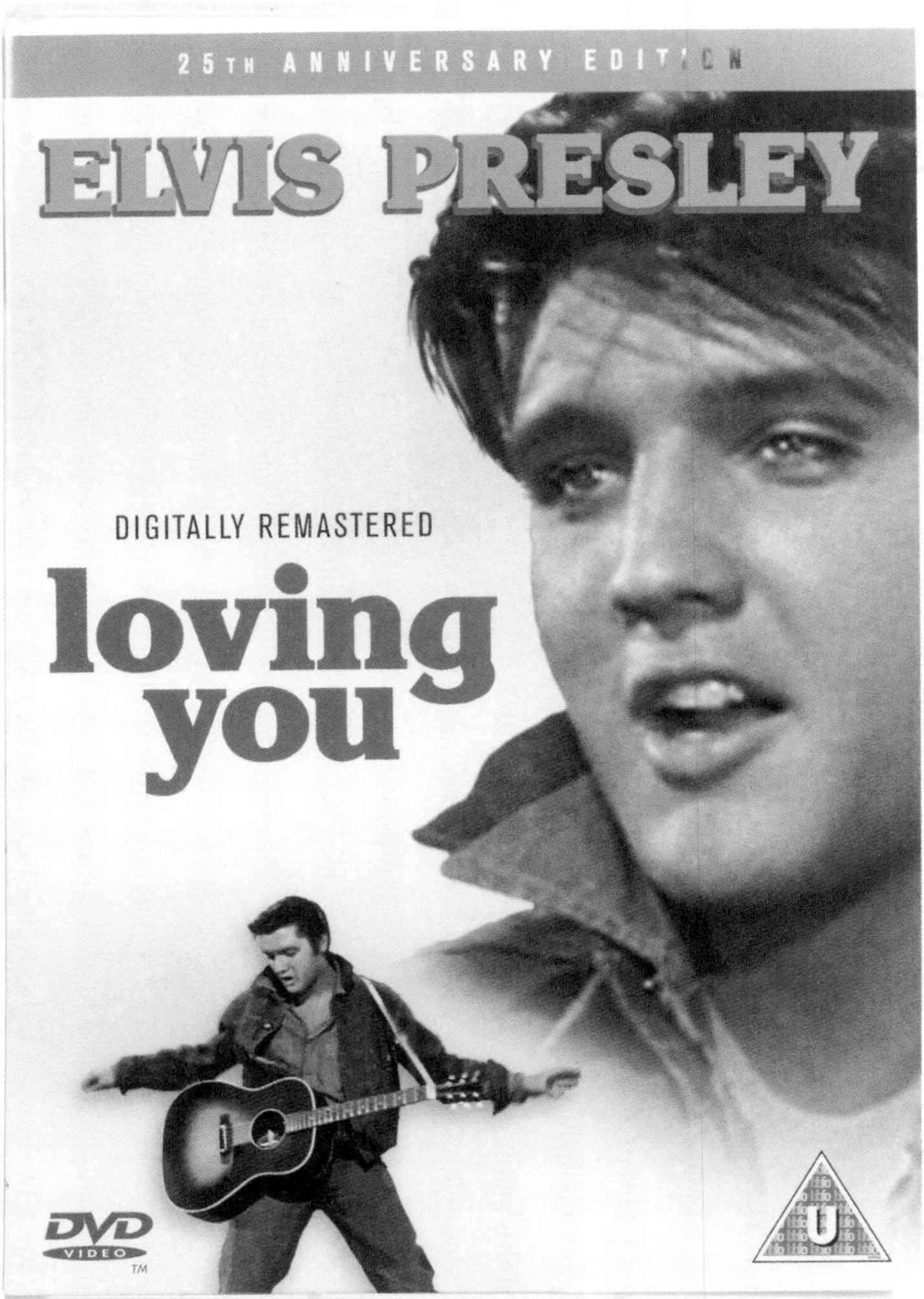

203　さまよう青春とは、歌のうまい青年が歌手になる話のことか

そんなことを思うのは僕ひとりだけだろうか

街の酒場で中年の男性と殴り合いになったヴィンス・エヴェレットは、その男を殴り倒す。男は死んでしまう。逮捕され裁判にかけられたエヴェレットは刑を受け、州の刑務所へ送られる。その刑務所では、カントリー歌手をしていたという中年の男性と同房だ。この男性をミッキー・ショーネシイが演じている。彼はギターを弾きながら、歌って聞かせる。One More Dayという歌だ。ある程度までは良く出来た歌、というものがあるなら、この歌はその典型だ。ショーネシイが自前で歌っている、と僕は思ったのだが、カントリー歌手による吹き替えだそうだ。

エヴェレットも歌う。親父がギターを弾いたから自分も少しは出来る、などと彼は言う。ギターをなにかの台の上に立てかけたまま弾く、という珍しい場面だ。歌うのはYoung And Beautifulという歌だ。これがこの映画の主題歌なのだろう。中年のカントリー歌手はやや感銘を受ける。訓練よろしければいけるのではないか、という感銘だ。この青年をスターに仕立てて自分が儲ける、というようなところまで、彼の思考は届いていく。二段ベッドに横たえたままのギターで、彼はエヴェレットにコードを教える。最初にCを、その次にはGを。お前にはリズムのセンスがまったくない、などと彼は言う。このような場面はたいへんに貴重だと僕は思うのだが、そんなことを思うのは僕ひとりだけだろうか。

刑務所を出たエヴェレットは、同房だったカントリー歌手に言われたとおり、ある町の酒場を訪

205　そんなことを思うのは僕ひとりだけだろうか

れる。店主はお前の面倒を見てくれるんだから、必ずや店を訪ねろよ、と言われたのだ。これと言って特別でもなんでもない、ごくありきたりの酒場だ。カウンターがあり、壁に沿ったテーブル席では、若い女性を相手にした中年の男性が、彼女を笑わせようとしている。

カウンターのすぐ向こうには小さなステージがある。女性が脚を出して踊っている。歌なんてとんでもない、ここで働くならボーイだよ、と初老の店主は言う。エヴェレットはステージにいきなり上がり、飛び入りですが僕が歌いますと言って、歌い始める。このときの歌も、Young And Beautifulだ。連れの女性を笑わせようとして、テーブル席の男客は自分でも笑う。その笑い声がエヴェレットの歌を邪魔する。癇癪を起こしたエヴェレットはステージを降りてその男を罵倒し、テーブルにギターを叩きつけて店を出ていく。

田舎の出身と想定された、このような性格の青年を、エルヴィス・プレスリーは、うまく演じている。これが彼の地ではないか、と僕は思ったほどだ。偏った性格のままどこかに向けて突っ走っていく青年を演じるとき、エルヴィスは精彩を放つ。Loving Youのディーク・リヴァースと少しだけ重なる。Love Me Tenderのクリント・リーノとも、直情的であるという意味で、重なっている。脚本を書く人たちは、現実の彼を見て、このような性格の青年を、想起したのではないか。

エヴェレットは、フリーランスのプロモーターのような仕事をしているペギーという女性と知り合う。ディーモ・テープを作ろうという話になり、小さなスタジオにミュージシャンたちとともに集まる。スコティ・ムーア。ビル・ブラック。D・J・フォンタナ。ダドレー・ブルックス。この四人が揃っている。エヴェレットはDon’t Leave Me Nowという歌を歌う。気持ちが歌に乗っていない、したがって下手な歌いかただ、という歌を途中まで歌って、これじゃ駄目だ、と言って彼は中断する。なぜ駄目なのか、彼なりにその原因を、全員に説明する。ギターが邪魔だ、とエヴェレットは言う。ギターなしで彼は歌いなおす。今度は歌に乗っている。ミュージシャンたちも気分は良く、気持ちはひとつだ。エヴェレットは快適に歌う。この一連の場面は、この映画のなかでの最高の場面だ。

カセットに録りましょう、という台詞がペギーにある。エヴェレットが歌い終わったあと、録音機器からテープを取り出す描写がある。ディーモはテープで渡すのだ。アセテート盤を作るよりはずっと簡単だ。ザ・ジョーダネアズの四人は画面のどこにもいないのに、彼らのバックアップ・ハーモニーが、エヴェレットの歌に重なっている。

レコード会社を訪問したペギーはカセット・テープを社長に手渡す。このレコード会社では、ミッキー・アルバという男性歌手がヒットしていて、レコードはよく売れている。次はヴィンス・エヴェレットよ、とペギーは言う。ギターを持ったミッキー・アルバの全身像をあしらった大きなポスターが、壁に貼ってある。

ペギーが社長に手渡したカセット・テープは、歌いかたから編曲まで、そっくりそのままミッキーの次のレコードになってしまった。当時の業界の末端近くでは珍しいことではなかったようだ。このレコードをペギーとエヴェレットがスタジオの小さなレコード・プレーヤーで再生してみる場面がある。ミッキー・アルバによるDon’t Leave Me Nowをほんの数小節だが、聴くことが出来る。

Don’t Leave Me Nowの映画ヴァージョンを収録したＣＤを作ろうとする人がもしいるなら、そ

Jaye P. Morgan
DINAH SHORE
Tony Martin
Lena Horne

の人はこの三とおりをひとつにつなげて紹介しなくてはいけない、と僕は思う。三とおり、とたったいま書いたけれど、もうひとつある。庭園で開かれたパーティで、エヴェレットは舞台で二曲歌う。歌い終わった彼が、なかば野外のような舞台を降りたあと、舞台にそのまま残ったミュージシャンたちが演奏した、という設定であるはずの、Don't Leave Me Nowが、画面の背後に聞こえる。僕がこれまでに聞いた範囲のなかのDon't Leave Me Nowでは、このヴァージョンがいちばんいい。

映画の終わりで、エヴェレットは改心する。これまでの自分がいかに間違っていたかを、彼は悟る。この場面でも彼はYoung And Beautifulを歌う。スコティ・ムーア他四人のミュージシャンた

ちが伴奏をつける。ピアノに向かう男性がダドレー・ブルックスだろうか。マイク・ストーラーもピアノ演奏者として加わっていたようだ。

改心や悟りは結構なのだが、映画の終わり近くになって、ほとんどいきなり改心するのはどうかと思う。それまでの偏った性格の描写と改心の段取りとが、均衡しない。この映画はもう終わりに近いのだから、主人公の青年はこんなふうに目覚めるのか、それはそれで仕方のないことだ、と観客は思う。映画の終わりで観客がそう思ったら、すべては徒労に終わるはずだ。

この映画のなかでエルヴィス・プレスリーは『監獄ロック』を歌う。エヴェレットが刑務所にいるあいだにパーティが開かれ、そこでエヴェレットが『監獄ロック』を歌うのだろうか、と僕は思っていた。流布している写真を見るかぎりでは、振付のなされた舞台用の場面だ。こういうセットが刑務所のなかに作られ、そこでエヴェレットは歌うのかもしれない、などとも思った。違っていた。違っていて、よかった。安堵した、と言っていい。

　出所して歌でスターになったエヴェレットは、ＮＢＣのＴＶスペシャルに出演する。そのなかで、過去のこととして、刑務所に入っていたことを、エヴェレットは語る。しばらく休暇していた時期がありまして、男性たちだけの世界で過ごしたのですが、みんないい奴ばっかりで楽しい時期になりました、忘れられません、などと彼は語る。そのあと、あの鉄格子のセットの場面となって、男たちとともにエヴェレットは動き、歌う。『監獄ロック』をＴＶショーのための作品にすることによって、現実からは切り離されたものにしている。『監獄ロック』という歌を、なんとか映画のなかに登場させるための、苦肉の策、のようなことだったかもしれない。あるいはその逆に、この歌だけ特別扱いにした結果だったか。

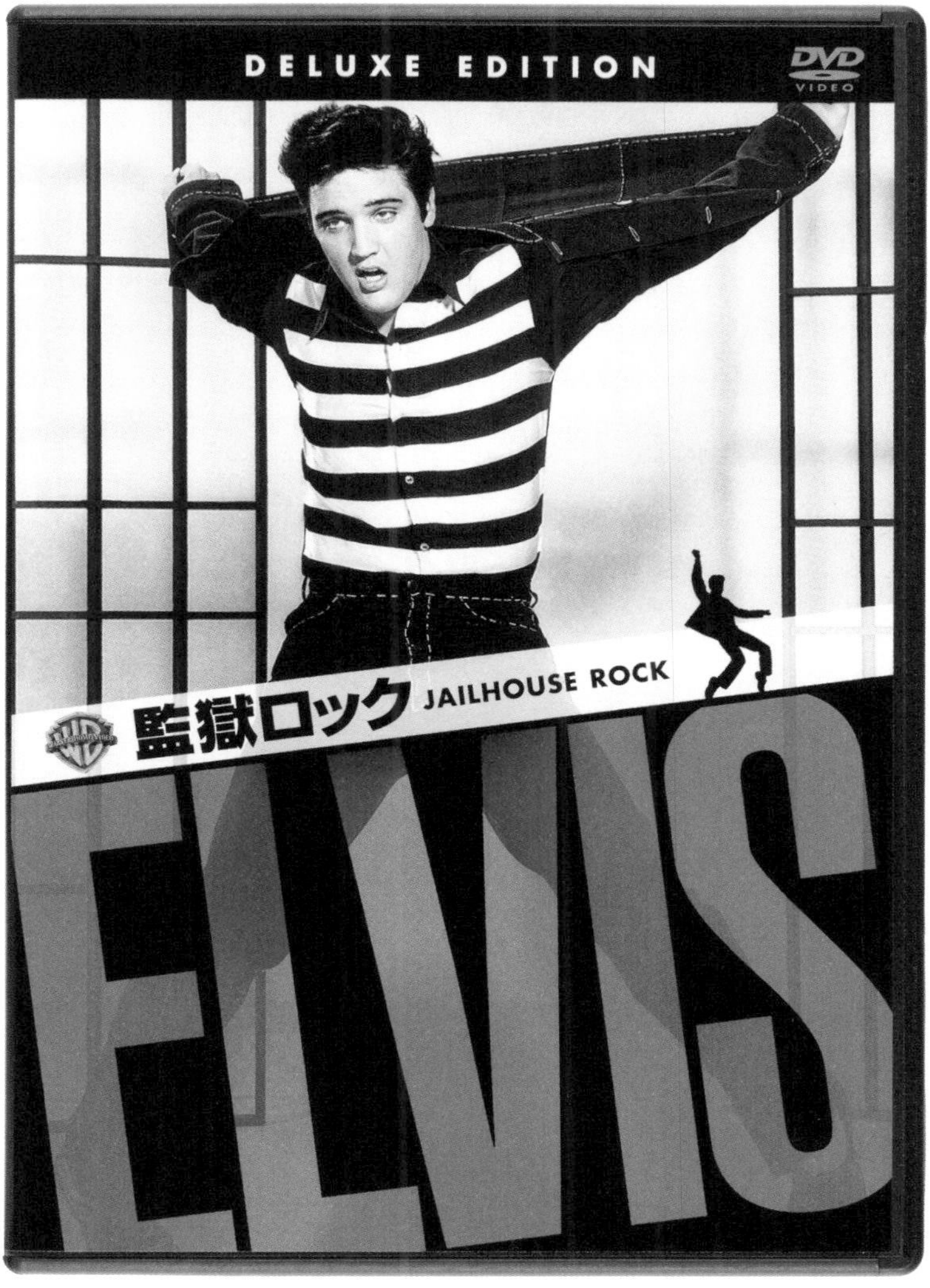
DELUXE EDITION
DVD
VIDEO
監獄ロック
JAILHOUSE ROCK
ELVIS

まったく実現しなかった、という種類の可能性

King Creoleは一九五八年にパラマウントが製作して公開した、白黒ヴィスタ・ヴィションの作品だ。エルヴィス・プレスリーが演じている主人公の名前はダニー・フィッシャーだ。どこかで聞いた名前だ、と僕は思った。ハロルド・ロビンスの小説にA Stone For Danny Fisherというのがある。King Creoleはこの小説を原案のように使っている。クレディットにそう出ている。だから主人公の名前はDanny Fisherなのだ。小説では舞台はシカゴで、ダニーが持って生まれた才能はボクシングだ。

エルヴィスが演じるダニー・フィッシャーは地元ニューオルリンズの高校三年生だ。持って生まれた才能は歌のうまさだ。高校は卒業することになっていたのだが、暴力沙汰が理由で卒業は出来なくなる。何年か前に母親が亡くなった。父親は薬剤師を二十五年やってきた人だが、妻が死んで以来、なにもやる気がなく、無職となり、それまで一家で住んでいた家は手放し、狭いアパートに住んでいる。設定されている場所はバーボン・ストリートだそうだ。独身の姉がひとりいる。二十五歳くらいだろうか。

ダニーのアルバイトによって一家の家計はかろうじて支えられている。学校へいく前の時間には酒場でバスボーイをしている。字幕には雑用係と出る。ある日の朝、店へいってみると、経営者のマキシーがその取り巻きの男女とともにまだ席にいて、誰もが酔っている。朝まで飲み続けたのだ

そうだ。マキシーにからまれたダニーは、高校の校歌を歌うはめになる。Steadfast, Loyal And Trueという題名の歌だ。

King CreoleのサウンドトラックはＣＤでふたとおりに加えて、エルヴィスが一九五〇年代に主演した四本の映画のサウンドトラックＬＰが一枚ある。そのどれにもこの歌は収録してある。King Creoleのダニー・フィッシャーの歌は、ここから始まる。

夜の時間には別な店でダニーはバスボーイをしている。ここもマキシーが経営する店だ。ふたたび彼にからまれたダニーは、そんなに歌がうまいならぜひここでステージに上がって歌ってみろ、とマキシーから言われる。それを正面から受けたダニーは、ステージに上がる。客席に長く張り出したかたちのステージで、そこにはバンドの人たちがいる。男性の司会者がダニーをバスボーイ・カルーソと客に紹介する。ここでダニーが歌うのはTroubleという歌だ。ギターは持たない。

三曲目を歌うシークェンスはこの映画のなかでもっともいい。歌っているのはエルヴィス・プレスリーだが、画面にいるのはダニー・フィッシャーだ。彼はギターを弾きながらLover Dollという歌を歌う。10セント・ストアへ突然に入って来たダニーが歌う。彼が歌って客たちの気持ちをとらえているあいだに、マキシーの若い手下たちが、のちほど故買して現金になりそうな商品を次々に万引きする。その商品は九十五ドルになったことが、すぐあとの場面でわかる。

Steadfast, Loyal And True、Trouble、Lover Doll、この三曲が、ダニーがステーシに出て歌う人になっていくことの、順を追った段取りなのだろう。三つの歌の内容に判断の間違いはない。この三つでたいそう正しい。彼の歌は若い女性たちに好評であるという提示が、この三曲の順を追って高まっていく、という配慮すらしてある。

ダニー・フィッシャーはキング・クリオールという店で歌うことになる。主として経済的な理由から、そうする。この店は、マキシーの手がおよんでいない唯一の店だそうだ。ステージに出て歌うのはエルヴィス・プレスリー当人ではなく、彼が演じたダニー・フィッシャー。すわったままの歌がひとつある。ギターを持って歌うのは二曲だ。

バンドのメンバーたちとの打ち合わせはしないのだろうか。この歌のここはこうしたいけれど意見はないか、というような場面はあってもいいと思うが、この映画にそのような場面はいっさいない。それでいい、ということなのだろう。物語ぜんたいの展開については、これではどうにもならない、と僕は判断する。その判断と、どこかでつながっているはずだ。

この映画の製作にかかわった人たちのうち、発言力のある誰かが、ダニー・フィッシャーという青年を、どこにでもいるごく普通の高校生にしたかったのではないか。この試みは成功しているが、エルヴィスが演じるダニー・フィッシャーは高校生には見えない。二十五歳くらいに見える。現実にはエルヴィスは二十三歳だった。一九五五年にジェイムズ・ディーンが『理由なき反抗』で高校生を演じたとき、彼は二十四歳だった。高校生を演じる二十三歳の青年が、スクリーンに投影されると二十五歳に見えた。これは問題だ。

あの顔立ちと髪をなるべく目立たないようにしよう、と製作者たちは努力した。その努力は報われている。エルヴィスの演技は正当に評価されるべきものだ。彼の演技は良いではないか。この物語のなかのダニーという青年をエルヴィスは良く演じてはいるけれど、鋭く立ち上がった縁のようなものが常に現在の自分を取り囲んでいる青年は、この物語とその展開のなかでは居場所がない、と書いておこう。エルヴィスの演技を、物語とその展開が、削いでいる。

10セント・ストアに入ってLover Dollを歌うシークェンスでのエルヴィスは、けっして素のエルヴィスではない。彼が演技して作ったダニー・フィッシャーだ。Steadfast, Loyal And Trueから始まり、TroubleそしてLover Dollをへて、キング・クリオールという店で歌う人になっていくのは、ダニー・フィッシャーだ。キング・クリオールの店の前に、ダニー・フィッシャーのポスターが大きくある。そのポスターのなかにいるのはエルヴィス当人だ。歌う才能を発揮して歌手になる、という役の限界がそこに見える。

ダニーの父親は、安定した職業につき、結婚し、子供を作り、家庭を持て、とダニーに強く言う。自分はそのとおりにしてきた。だから息子にもそうしろ、とこの父親は言う。結婚や子供などの前に、自分はSomebodyになりたい、とダニーは言う。ダニーが自分で自分を評価するという、自己評価の問題だ。Somebodyになるための時間がたとえば十年必要だとしたら、どうするのか。

ダニーの姉はまともな女性に設定されている。ふさわしい男性に見初められて結婚することの出来る女性だ。彼女の背後には、かつてはいい家庭があったことを意味しているし、家庭がいいということは、母親が良かったのだ、ということになる。ダニーは、いい家庭の子供なのだ。

映画の脚本が完成したらまず送付された俳優としてのエルヴィス・プレスリーは、どれもまったく実現しなかったという種類の可能性を、静かに秘めている。かつてどこかで読んだ記憶によれば、『冷血』『スター誕生』『タクシードライバー』などの脚本をエルヴィスはまっ先に送付されたという。そしていずれも無視された。映画としては実現したこの三つの作品のなかに、演技者としてのエルヴィス・プレスリーの可能性を僕は見る。
一九六七年のIn Cold Bloodでは、ふたりいる殺人犯のうちのひとりの役だった。ロバート・ブレイクが演じたのは、小柄でがっしりした体格の色黒の男だ。もうひとりは痩身の白人青年で、誰もが騙されるような笑顔を生来的に持ち、その笑顔を利用しては単純な詐欺を次々に働き、殺人を犯したあとで簡単に逮捕される。スコット・ウィルソンがこの青年を演じた。脚本を送った人たちは、この役にまず考えたのはエルヴィスだった。一九七六年のA Star Is Bornではクリス・クリストファスンが演じた役を、そしておなじ年のTaxi Driverでは、ロバート・デ・ニーロが演じた役に対して、脚本をまっ先に送るというかたちで、エルヴィスが候補にあがった。

HAPPY the BEST!
ELVIS
KING
CREOLE
闇に響く声

色はさぞかしまっ黄色だろう

Heartbreak Hotelでテューズデイ・ウェルドが演じたお母さんは三十代のなかばだろうか。ジョニーという高校生の男の子と、まだ幼い女のこの、ふたりの子供がいる。夫はいない。三人は一軒の家に住んでいる。年代物だがピンクのキャデラック・コンヴァーティブルに乗っている。設定された時代は一九七二年だという。お母さんはいまひとつ意気が上がらない。なんとかしたいと思っている息子のジョニーは、十代の頃の母親が夢中になったエルヴィス・プレスリーを誘拐し連れて来て母親に会わせる、ということを思いつく。

クリーヴランドでのコンサートに来たエルヴィスを、ジョニーは仲間といっしょに誘拐しにいく。エルヴィスの亡き母、グラディスにそっくりな女性をおとりのように使ってエルヴィスの気持ちをとらえておびき出し、クロロフォルムのような薬品をかがせて昏睡させ、キャデラックに乗せて母と妹のいる自宅へ連れ帰る。Heartbreak Hotelという「ロックンロール・ファンタジー」は、このようにして始まる。

エルヴィスを誘拐して自宅へ連れて来る前に、ジョニーは母親を誘ってエルヴィスの映画を観にいく。ピンクのキャデラックに乗ったままの、ドライヴ・イン劇場だ。そこで上映されているエルヴィスの映画はLoving Youだ。客席がブースになっている軽食堂で、歌がうまいなら歌ってみろ、と自動車修理工をしている男にからまれたエルヴィス扮するディーク・リヴァーズが歌う場面が、

Cadillac

ドライヴ・インのスクリーンに映し出されている。歌ったあと、ディークはその男に言う。自動車のシート・カヴァーを新しくしたいのだが、と。なに色がいいんだ、さぞかしまっ黄色だろうな、とその自動車修理工は言い、ディークは男の胸をつかんで通路へ引き出し、殴り合いとなる。ディークは相手の男を殴り倒す。ジュークボックスに向けて背中から倒れ、気を失ってフロアに崩れ落ちる。

　この一連の場面とそっくりに作った場面が、かなりあとになって、Heartbreak Hotelにあらわれる。エルヴィスがからまれる様子、その男の職業、シート・カヴァーの色はさぞかしまっ黄色だろう、という台詞まで、おなじだ。ドライヴ・イン劇場で上映されているLoving Youは、一九五七年のエルヴィス、という意味の伏線でもある。一九五七年に現実のエルヴィスが俳優として演じた映画のなかの一場面が、一九七二年に設定された映画のなかで、別の俳優によって演じられた別のエルヴィスによって、そっくりに再現される。二本の映画をつなぐ二重の架空性がここにある、という言いかたは可能だろう。どちらの映画も観客が観るのだから、観客という現実から見た、映画という架空世界の二重性だ、ということにもなる。

　誘拐は成功する。昏睡から覚めたエルヴィスは怒る。その彼をジョニーはなだめ、一日だけエルヴィスはそこに留まることになる。ここからは、オハイオ州の小さな町になぜか滞在している、一九七二年のエルヴィスの物語となる。一日だけではなく何日か滞在し、ジョニーの母親とエルヴィスは、おたがいに惹かれ合う関係となる。しかしふたりが結ばれるわけにはいかない。エルヴィスは専用のジェット機でＴＣＢの世界へ戻っていく。ジョニーの母親もまた、彼女のＴＣＢを引き受けなくてはいけないのだろう。エルヴィスのしている指輪にＴＣＢという文字があり、それはなんという意味ですか、と訊いたジョニーに、ＴＣＢとはTaking Care Of Businessのことだよ、とエルヴィスは答える。専用のジェット機の胴体にもＴＣＢの文字がある。

エルヴィスを演じた俳優、デイヴィッド・キースはよくやったと僕は思う。高く評価する。自分で何曲か歌ってもいるし、ひとりピアノを弾きながら、How Great Thou Artを歌う場面もある。劇中の彼の髪はウィッグだろう、と僕は思った。クレディットのなかに、彼のウィッグを作った人の名があらわれる。二〇一九年の十二月現在、彼は六十五歳で健在だそうだ。

高校生のジョニーは学校の仲間たちとロックンロールのバンドを作っている。このバンドが演奏し、ジョニーが歌う場面がある。サン・レコードからデビューし、ほどなくＲＣＡに移った頃のエルヴィスのロックンロールと、対比させる意味が持たされているのだろう。このバンドとエルヴィスが、舞台で観客を前にして、共演する場面がある。ジョニーとエルヴィスがともに歌うのは、Heartbreak Hotelだ。

俳優によって演じられたエルヴィスとはいえ、エルヴィスという名の人がそこにいるのだし、オハイオ州の小さな町に住む一家の所に彼があらわれる以前から、エルヴィスはさまざまな話題になっているのだから、誰もがエルヴィスという名を音声で頻繁に使う。これは当然のことだが、もしかしたら、このエルヴィスという名にからめて、映画の最後のところで、なにかあるのではないか、と僕は思った。このくらいのことなら、僕にも思うことが出来る。

映画のおしまいのところでエルヴィスは、You made me feel like Elvis, again. とジョニーに言う。

エルヴィスの気持ちにふたたびなれたとは、デビューしてRCAに移った頃のエルヴィスの気持ちにふたたびなれた、ということだ。エルヴィスのこの台詞のあと、ふたりは握手を交わす。あの頃の自分を取り戻したい母親と、ほんのいっときではあれ、一九五七年当時に戻れたエルヴィスとの、共通した到達点というファンタジーがここにある。

227　色はさぞかしまっ黄色だろう

音声ではTell you what. 字幕では「でもさ」

『ザ・シンガー』という日本語題名の映像作品の原題はELVISという。一九七九年にアメリカのＴＶで放映され、日本とヨーロッパでは、おなじ年に劇場で公開された。そのときは一一九分だったが、一六八分になったＤＶＤで僕は観た。

一九六八年、ラスヴェガスのインタナショナル・ホテルの楽屋口に、自動車でエルヴィスが到着するところから、この作品は始まっている。カート・ラッセルの演じるエルヴィス・プレスリーがその自動車から降りて、インタナショナル・ホテルに入っていく。観客と向き合う舞台に彼が出るのは九年ぶりだという。かつてこのホテルに出演して失敗したけど、あんなのはもう昔の話だよ、と取り巻きの男たちが言う。エルヴィスは楽屋でＴＶを見ている。ニュース番組だ。男性のアナウンサーが言っている。「ロックンロールの人気は下降しています。このホテルの舞台に立つのは、エルヴィスにとっては、生きるか死ぬかであります」。そのＴＶをエルヴィスは拳銃で射つ。

ここから時間は戻る。幼いエルヴィスは、自分といっしょに生まれてすぐに死んだ、双子の兄のジェス・ギャロンの墓へいき、話をする。こんな場面が再現されている。ＴＶの再現ドラマは、絵になるならなんでもあり、という方針に支えられている。

高校生になってからのエルヴィスをカート・ラッセルが演じている。その彼が、高校の学芸会のような舞台で、Old Shepという歌を歌う場面がある。のちにエルヴィスのボディ・ガードとなる同

級生のレッド・ウエストの次に彼は舞台へ出ていく。溺れかけた自分を助けてくれたとか、銃口を向けて自分はついに引き金を引いた、といった部分があるのだが、省略されている。彼に対する歓声はたいへんなものだ。周囲の人たちに促された彼は、ふたたび舞台へ出ていく。その彼はギターだけを持っている。

高校生になってすぐ、という設定だったろうか、トイレットでエルヴィスを押さえ込んだおなじ高校生たちが、エルヴィスの髪を鋏で切ろうとする。鋏は見えやすいように高く掲げられ、刃の開いた状態で、撮影カメラを向いている。彼の髪を切るのであれば、まず俺の髪を切ってからにしろとレッド・ウエストがあらわれる。彼の気迫に高校生たちは逃げていき、エルヴィスの髪は無事だった、というエピソードが、レッド・ウエストとともに再現される。

クラウン・エレクトリック、とドアに書いた当時のピックアップ・トラックが、画面に出て来るとは。当時のレタリングどおりなのだろうか。Skyhookの話はあるのだろうか、と僕は思った。Skyhookとは当時のクラウン・エレクトリックで新人に対して試みられたジョークだ。たとえばエルヴィスが運転するトラックが現場に到着すると、その作業員が荷台に積んだ道具類を検分し、Skyhookがないじゃないか、なにか必ず忘れるのが新人だ、いますぐ会社に戻ってSkyhookを持って来い、と言う。トラックで会社へ戻ったエルヴィスは、Skyhookを忘れました、どこにありますか、と会社の人に訊く。会社の人たちは大笑いだ。現場へ戻ったエルヴィスに作業員は言う。この空のどこにフックを掛けるんだよ、Skyhookなんてものが、あるわけないじゃないか。このSkyhookの話は、しかし、再現ドラマのなかにはなかった。

サン・レコードに関しては、ほとんどのエピソードが再現されていた。サン・レコードという表示のほかに、メンフィス・レコーディング・サーヴィスの表示もある。母親への贈り物にすると称して、エルヴィスはMy Happinessという歌を歌う。この様子の再現を見ることが出来る。黒人のように歌える白人の男のこを見つけてレコードを作れば売れるわよとか、誰ふうに歌うの、と訊かれたエルヴィスが、僕は誰ふうでもありません、と答えるところ、あるいは、あのもみあげの男のこに歌ってもらうといいわよ、電話番号は控えてあるから、いますぐ電話してみます、というその電話を自宅で受けたエルヴィスが、サン・レコードのスタジオへ駆けつけるエピソードなど、そうか、こんなふうにもなるのか、と思いながら見ていると、思いのほか楽しい。

サン・レコードのスタジオで、エルヴィス、スコティ・ムーア、ビル・ブラックの三人が、あれやこれや演奏したり歌ってみたりしている。クルーダップをやろうよ、とエルヴィスが言い、他のふたりが文句なしに同意し、アーサー・クルーダップのThat’s All Right, Mamaを演奏し歌い始める。調整室からサン・レコードの創設者、サム・フィリップスが入って来る。「ついに見つけたぞ、それだ、それをやればいいんだ！」と彼は叫ぶ。なんとなくこんなのをやってみただけですよ、と言う彼らに、「いまのそれを最初からやってくれ！」とサム・フィリップスが言う。サン・レコードからのエルヴィスのデビュー曲となったThat’s All Right, Mamaの誕生だ。

グランド・オール・オプリーのオーディションで不合格になる様子を再現で見ることが出来る。坂の途中にあるグランド・オール・オプリー・ハウスが、なににも使われていない日の午後、エルヴィスがスコティ、ブラック、それにドラマーのドミニク・ジョセフ・フォンタナの三人をともなって、舞台に出る。観客席にいる三人の男たちが審査する。エルヴィスは一曲のぜんたいを歌う。歌はすべてロニー・マクドウエルだ。出来るだけ似せて歌っている真似ではなく、マクドウエルの歌唱として完全に独立している。カート・ラッセルもよくやったと僕は思う。歌ごとにクリオグラファーの指示が細かくあり、それを受けとめながら、自分のアイディアを加えて一曲ずつ作っていく、という作業を彼は見事にこなした。マクドウエルは、父親に肩車されてハンク・ウィリアムズのショーを見たことがある、というカントリー歌手だ。審査する男たちのひとりが、「トラックの運転に戻ったほうがいいよ」という伝説的なひと言を、失意のエルヴィスに伝える場面もある。

　録音スタジオでHeartbreak Hotelを録音しようとしている場面は、考察に値する。エルヴィスは歌を二度、中断する。うまくいかないからだ。何度でもやる、という彼のひと言を聞くことが出来る。イントロがあるからいけないんだ、という結論に到達する。イントロは必要ない、いきなり歌へいこう、とエルヴィスは言い、そのとおりにすると、うまくいく。当時の録音スタジオで直接の関係を持った人たちから聞いた話をつき合わせて出来た場面なのか、それとも、あの歌のレコードを何度も聴きながら、逆の方向へと推理して手に入れたものなのか。これで普通にイントロがあったらこうはいかないよね、というふうな。

「雀を黄色く塗ってカナリアとして売ったこともあるよ、いまはしてないけどね」と、葉巻の煙を吐きながら、トム・パーカー大佐がいう。この大佐という呼び名は、軍隊とはなんの関係もない、敬意あるいは親愛をあらわす慣用的なものだそうだ。ショー・ビジネスの世界に自分は二十八年いたけれど、エルヴィスのような人は初めてだね、ともパーカー大佐は言う。

エルヴィスが母親にピンクのキャデラックを贈る場面もある。家を出てからキャデラックのすぐそばに立つまで、母親にエルヴィスが両手で目隠しをしている。今朝、届いた新車だよ、とエルヴィスは言う。のちほど、母親は肝臓の病気で入院する。彼女の死の瞬間が再現される。可能な限り正確な再現であるかどうかは、わからない。「これで終わりだ。自分にはもうなにもない」と、エルヴィスは言う。彼の母親のグラディスを演じているのはシェリー・ウィンターズだ。

サン・レコードがきみに関するすべての権利をＲＣＡに譲渡する、とパーカー大佐から聞かされたエルヴィスは、サン・レコードへいってサムに会う。自分としては安易な同意は出来ない、と彼はサムに伝える。現実を見て、と彼はサムの秘書に言われる。現実とは、要するに、かねがいるんだ、ということに他ならない。エルヴィスは説得される。

スクリーン・テストだろう、と僕が判断している撮影の場面がある。両親が見物している。少し離れたところに俳優のニック・アダムスがいる。遠目にはアダムスに見えなくもないところが、再現の面白さだ。気づいたエルヴィスはアダムスに歩み寄り、きみはニック・アダムスだろう、僕はエルヴィス・プレスリーだ、と言う。『理由なき反抗』の台詞はすべて覚えた、ジェイムズ・ディーンは僕のヒーローだ、とエルヴィスは言う。あの映画では僕はほんの端役だよ、とニック・アダムスは言う。グリフィス天文台の外でのナイフ・ファイトの場面にニック・アダムスがいる。よく見るとデニス・ホッパーもいる。きみにぴったりの役があるんだ、四人兄弟のいちばん下なんだ、とエルヴィスはアダムスに言う。Love Me Tenderで自分が演じたクリント・リーノのことだ。

この撮影現場で、パーカー大佐が、エド・サリヴァン・ショーに出演することがきまった、とエルヴィスに伝える。そのすぐ次の場面でエド・サリヴァンがほんの一瞬、画面にあらわれる。真横からとらえた映像だから、サリヴァンの体型的な特徴がよくわかる。調整室のなかにいる男たちの台詞も愉快だ。“Remember. Above the waist.”という台詞がある。

　エルヴィスの邸宅、グレイスランドが何度も出て来る。そしてあのゲートも。これもラティス・ワークと呼ぶのだろうか。横長で両開きのゲートだ。白く塗装した鉄棒によるラティス・ワークの上に、歌う男性と音譜をいくつか、黒い色でデザイン的にあしらった、という出来ばえだ。

　アメリカ陸軍に入隊したエルヴィスが電気バリカンで髪を切られる場面がある。髪を短くされてからは、しばらくのあいだ、髪の短いエルヴィスを画面に見ることが出来る。SPEARHEADの一員としてドイツに配属されたエルヴィスは、ある日、ドイツの酒場へいく。何人かの人たちと楽しく過ごす。そのとき、エルヴィス・プレスリーとして歌を求められる。「まるで俺の映画だな」とエルヴィスは言う。この台詞は、この作品のなかで、もっともいい台詞だと、僕は思う。舞台に上がった彼はTutti Fruttiを歌う。

　高等学校で親しかった女性が、エルヴィスのことを、peculiarだと言う。このひと言は僕にとって貴重な収穫だった。Peculiarという言葉の意味として、小さな英英辞典には、strangeやdistinct、さらにはspecialという言葉が説明としてあげてある。その人だけが持っているような、という意味もある。一九八七年のELVIS ’56というＤＶＤを、南部の人のナレーターとして、リーヴォン・ヘルムが画面に合わせて原稿を読んでいる。そのなかに、当時のエルヴィスを表現する言葉として、strangeそしてdangerousのふたつがある。

「Tell you what.」という言いかたがある。ごく気楽な日常の会話のなかで、合いの手のように使われる慣用句だ。この短いひと言が、『ザ・シンガー』のなかの字幕には「でもさ」と出た。これも僕にとっては収穫だった。

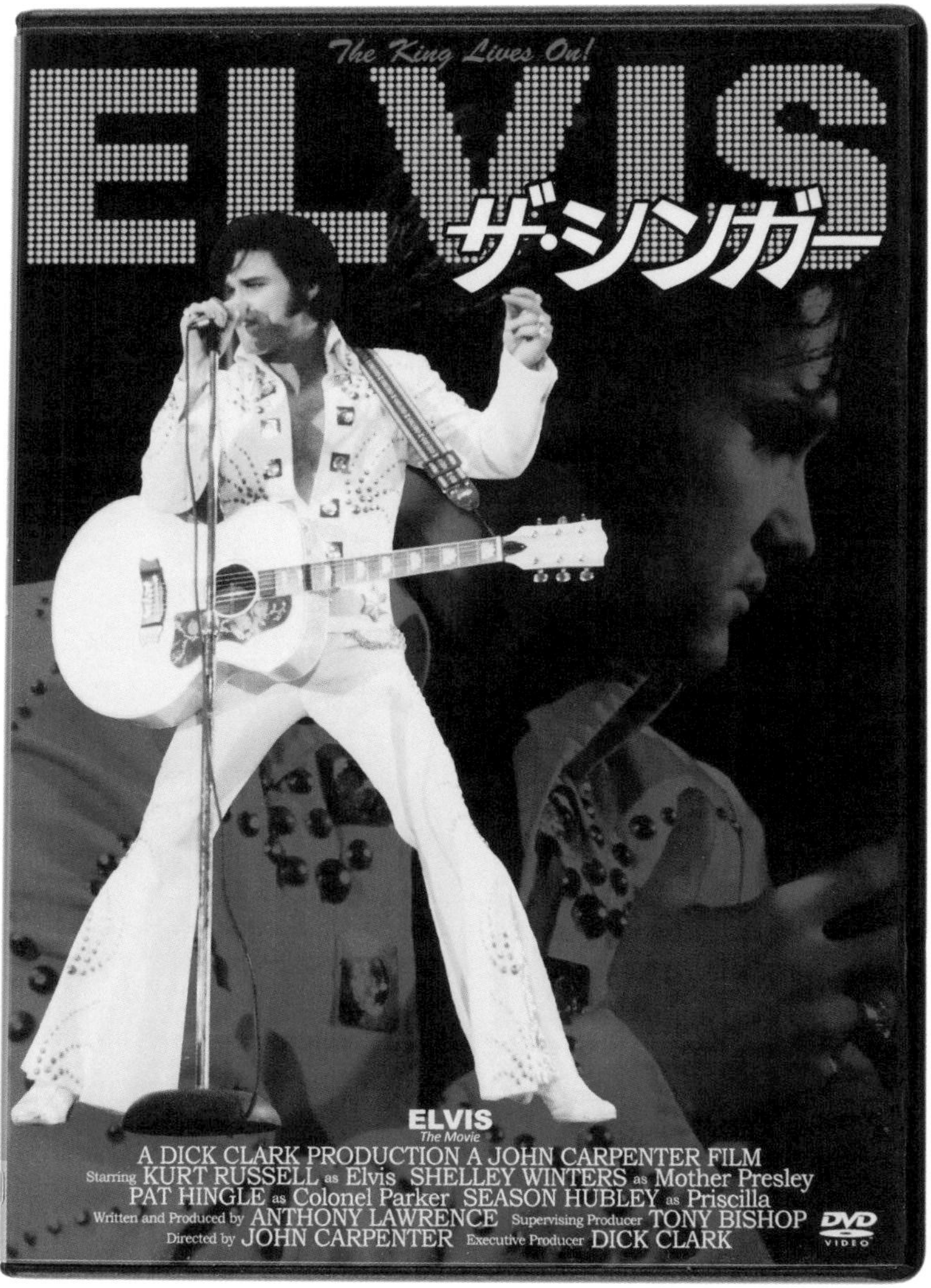
The King Lives On!
ELVIS
ザ・シンガー
ELVIS
The Movie
A DICK CLARK PRODUCTION A JOHN CARPENTER FILM
Starring KURT RUSSELL as Elvis SHELLEY WINTERS as Mother Presley
PAT HINGLE as Colonel Parker SEASON HUBLEY as Priscilla
Written and Produced by ANTHONY LAWRENCE Supervising Producer TONY BISHOP
Directed by JOHN CARPENTER Executive Producer DICK CLARK
DVD VIDEO

偶然というものはない

この映画が始まってほどなく、メンフィスのグレイスランドまでヒッチハイクすると言う男性に対して「テキサスの州境までなら乗せていってやる」という台詞がある。テキサス州の州境とは、テキサス州の東側にあるルイジアナ州との境界のことだろう。東へ進むとルイジアナ州なのだから、テキサスを東西に抜けていく道路の、ルイジアナまで自動車で二時間ほどの地点で、この台詞は発せられている。ルイジアナ州を横断し、河を越え、ミシシッピー州をひたすら北上してテネシー州に入る。そのテネシー州の南西の隅っこにメンフィスがある。ヒッチハイクする、と気軽に言うけれど、実際にやるとなったら、このくらいの距離でも容易ではない。

GRACELANDと行く先を書いたボール紙をかかげて、中年の男性がひとり、道ばたに立っている。自分を乗せてくれる自動車が止まるのを待っている。彼はヒッチハイクの途中だ。エルヴィスと名乗るこの謎の男性をハーヴェイ・カイテルが演じている。そこへ若い男性がひとりで運転するキャデラックのコンヴァーティブルが走ってくる。一九五九年モデルの深い青色の車体だ。すぐ近くにある無人のガス・ステーションで給油する。バイロン・グローマンという青年だ。彼のキャデラックは左のドアがない。左の車体側面には深い傷がある。この自動車にはなにかあったに違いない、と観客は思う。

つい先日、と言っていいごく近い過去の夜、バイロンの妻、ビアトリスがこのキャデラックを運転し、バイロンは右側の席にいた。キャデラックは貨物列車と衝突し、ビアトリスは死亡した。キャデラックは左のドアを失い、車体にはひどい傷が残った。それ以外はなんともなく、バイロンも無事だった。

事故から立ち直ることの出来ないバイロンは、それ以来、無為の日々を送ってきた。なんの当てもないままに、今日も、ひとりでキャデラックを走らせて来た。自分はエルヴィスだと名乗り、グレイスランドへ向かう途中だという謎の男を、ヒッチハイカーとしてキャデラックに乗せることになった。「テキサスの州境までなら乗せてやる」というバイロンの台詞を、このあたりで聞くことが出来る。このバイロンが事故の記憶から抜け出し、次の人生へと入っていくまでを描いたのが、一九九八年のFinding Gracelandというこの作品だ。

エルヴィスと称する中年の男性は謎の人だ。最後まで謎は明かされない。そうか、そういう人だったのか、という謎解きはないままだ。しかし、謎が次第に深まっていくわけではない。一定のところに維持され続ける謎、という正解ぶりだ。

彼が画面に登場するたびに観客が納得する程度の具体性があれば、彼は謎の人であり続けることが容易に可能だ。その謎の男は、この人生に偶然というものはない、と断言する。偶然というものがないとは、たとえば、あの時あそこでヒッチハイクの途中にあった彼に、キャデラックで走って来たバイロンが出会わなかったら、という考えかたがそもそも成立しない、ということのようだ。ふたりは出会ってしまっている。そしてそこから時間は、容赦なく経過している。あのときあそこでふたりが会わなかったら、という考えの成立する余地はどこにもない。

謎のエルヴィスとメンフィスへ向かう途中で、バイロンはアシュレーという女性の芸人と知り合う。このアシュレーを二十二年前のブリジット・フォンダが演じている。いつもはラスヴェガスのホテルで歌っているのだが、一年のうち何か月かは、こうして旅まわりの巡業に出るのだという。巡業に出ているときの彼女は、マリリン・モンローとして歌う。

「きみの素顔はマリリンにまったく似ていないね」

とバイロンは言い、

「あの金髪のウィッグと口紅でマリリンになるのよ」

と彼女は答える。

そのアシュレーは、トレーラー・ハウスを牽引した緑色の自動車で、二度、バイロンと謎のエルヴィスが乗ったキャデラックを、道路で追い越している。

「偶然でしょう」

とアシュレーは言う。けっしてそんなことはない、と観客は思う。

キャデラックのふたりはメンフィスに到着する。バイロンの事故死した妻であるビアトリスの墓へ、謎の男はバイロンを連れていく。彼女の墓がメンフィスにあることは知っていたが、一度も来たことはない、とバイロンは言う。墓の前で彼は泣く。そして彼は、それまで指にはめていた結婚指輪を抜き取り、墓の前の土に埋める。

ラスヴェガスに戻っているはずのアシュレーに会いに西へいくから、西の方向なら乗せていくよ、とバイロンは謎の男に言う。謎の男は断る。次の場面で謎の男は、貨物列車の有蓋貨車に無賃乗車

している。ホーボーだ。その貨車のうす暗い隅にすわっている先客に歩み寄り、「私はエルヴィスです」と言いながら、謎の男は握手の手を差しのべる。

Blu-ray Disc
FINDING
GRACELAND
UNTERWEGS MIT ELVIS
GRACELAND
HARVEY KEITEL
FSK
ab
6
freigegeben
Mit dem Mega-Hit
„Walking in Memphis“
von MARC COHN
CONCORDE

ピーナツバターとバナナのサンドイッチ

El Último Elvisは二〇一二年のアルゼンチンの映画だ。英語の題名はThe Last Elvisだった。電機工場で組立工をしているカルロス・グティエレスという中年の男性は、どこへ行っても、誰にでも、自分のことをエルヴィス・プレスリーと名乗る。妻はプリシラと呼び、ひとりだけいる娘はリサ・マリーと名づけている。昼間は組立工として働き、夜はエルヴィスのような衣装をまとってライヴの舞台に立ち、エルヴィスが歌った歌を歌う。エルヴィスとして知られ、人気はある。

別居している妻が自動車事故で入院し、娘のリサ・マリーは彼の部屋へ来ることになる。現実のエルヴィスが歌う曲は一曲も使用されていない。そのなかで僕がいちばん好きなのは、ベッドに入って眠りにつこうとしているリサ・マリーに、カルロスがギターを弾きながら静かに歌うHawaiian Wedding Songだ。最後に長く映し出されるクレディットに重なる歌として、I'm So Lonesome I Could Cryというハンク・ウィリアムズの歌がある。もちろんエルヴィスもレパートリーにしている。これも良い。

場面として僕がもっとも気に入っているのは、カルロスがサンドイッチを作るところだ。二度ある。最初はひとつだけ、サンドイッチを作る。自分のだ。二度目にはリサ・マリーのも作るから、サンドイッチはふたつだ。それぞれ両手で、かなり力を込めて、カルロスは押さえる。サンドイッチはいかに押すかだ、とかつてアメリカの友人が言っていた。いくつものサンドイッチの上に板を

渡し、その上に子供を重しとしてすわらせた、という昔の日々もあるという。昔のパンは硬かった。このくらいの重しをかければ、硬いパンも具材の水分で少しは食べやすくなったのだろう。カルロスがサンドイッチを押さえるのは、そのような昔日の名残りの、最後の部分だ。

ひとつを父親から受け取ったリサ・マリーは、

「なにのサンドイッチなの？」

　と訊く。

「ピーナツ・バターとバナナ」

　と、カルロスは答える。

ひと口だけ食べてみたリサ・マリーは、

「変な味」

と言ってサンドイッチをテーブルに置き、食べようとはしない。カルロスもまずそうに食べる。

カルロスは生活を引き払い、飛行機に乗り、グレイスランドのあるメンフィスへいく。四十二歳の誕生日をそこで迎える。ダイナーで四分の一のケーキを注文し4と2のかたちをした小さな青い蠟燭を立てる。ハッピー・バースデイ、とダイナーのウェイトレスが、とおりがかりに言う。カルロスは蠟燭に火をつけ、すぐにそれを消す。このような誕生日もあるのか、と僕は思った。

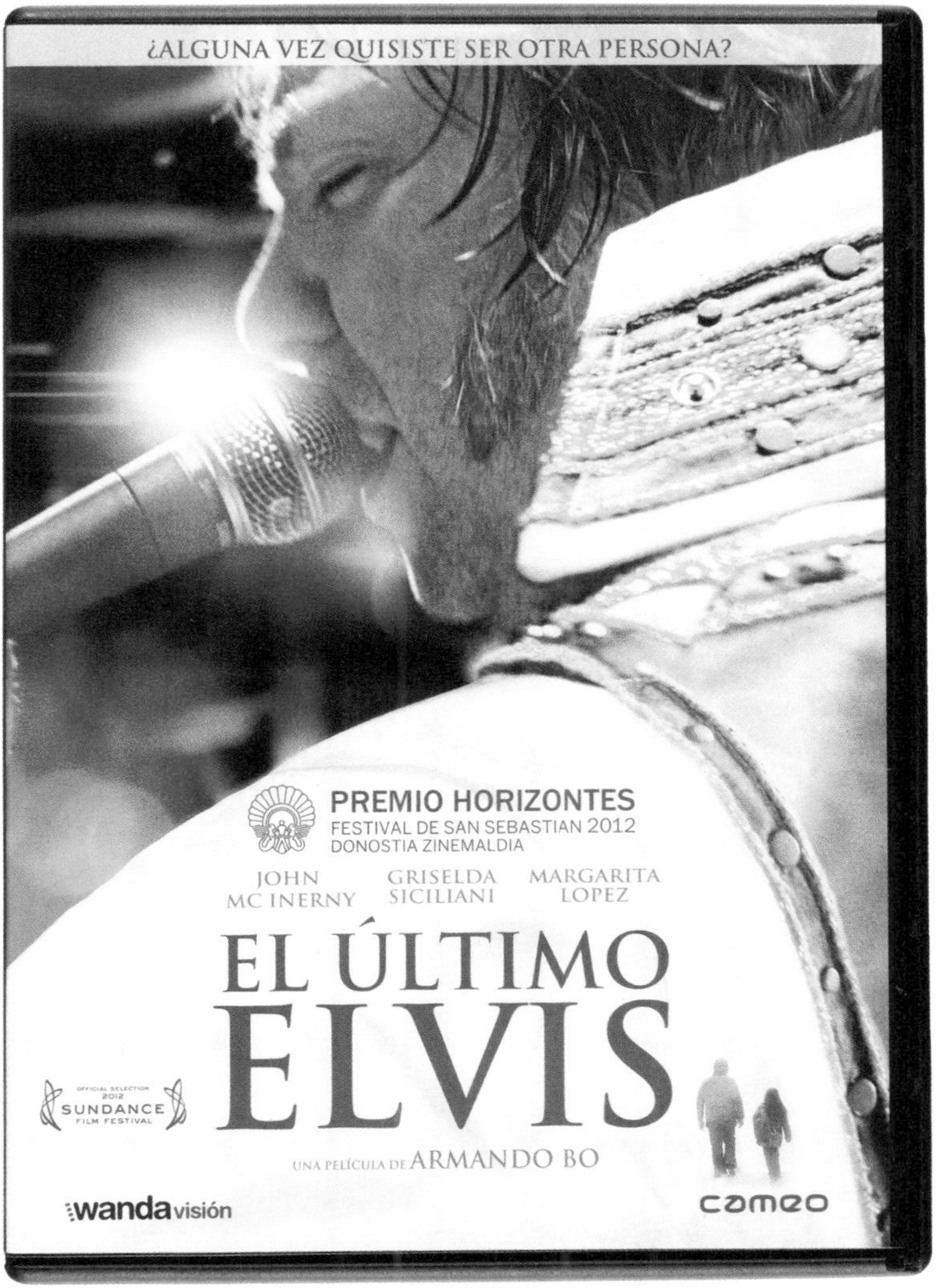

247　ピーナツバターとバナナのサンドイッチ

あとがき

はじめは映画の本を作るつもりだった。だからＤＶＤで僕は映画を選んだ。採り上げるための映画だ。二十作品を選ぶと、そのならびかたには、明らかに僕があった。当人だから、僕があった、と言えるのだが、当人はひとりしかいず、その他はすべて当人ではないのだから、その大勢のかたたちは、この選びかたには当惑するはずだ、という意見が担当の編集者である篠原恒木さんから出た。これは面白い、ぜひこれで一冊の本を作ってほしい、という意見もあったが、篠原さんが得たひらめきによれば、音楽映画でまとめるといいのではないか、ということだった。

それには僕も賛成だった。だから音楽映画で選びなおして配列していくと、それはそれで問題をいくつもはらんでいる事実が判明した。Coal Miner’s DaughterやSweet DreamsにI Saw The Lightが加わっていく様子を眺めると、篠原さんは不安を覚えたようだ。映画に戻しましょうか、と彼は言ったけれど、僕が選んだ二十作品のなかで、一九六八年のP.J.という作品だけ、ＤＶＤになっていないことを僕は発見していた。それに代わるものとして、一九四九年の『透明人間現わる』がいいか、それとも一九五五年のアメリカ映画『日本人の勲章』がいいかなどと言っている僕を見ているうちに、篠原さんは最終的な閃きを得た。音楽映画で三人に絞る、というアイディアだ。正確には六人だろうか。さらにふたり加えると八人になる。ザ・ビートルズ、ボブ・ディラン、エルヴィス・プレスリーの「三人」だ。僕は賛成した。彼らの音源には言及することなく、ＤＶＤのなかに残っている映像だけを問題にしていく、という方針をそのときその場で僕は語り、篠原さんの賛同を得た。これで方針はきまった。観るべきＤＶＤは三十枚ほどではないか、と見当をつけた。現実には三十七枚となった。この三十七枚がすべてではない。もっとある。

半年ほどの時間のなかで楽に書けたはずだ。なぜ、そうしなかったのか。なぜ、二年近くもかかったのか。これを書かないでいたときの自分はいったいなにをしていたのか、という方向から迫ることも可能だ。なにをしていたのか。海老フライを食べていたのか。海老フライは確かに何度も食べたけれど、それだけでは回答にならない。僕はいったいなにをしていたのか。

「三人」に絞る、という篠原さんのアイディアに僕が賛成したのは、That'll Be The Dayという映画のことを、僕は思い出したからだ。本文を読めばわかるとおり、この映画にはリンゴ・スターが出演している。この映画のなかでの彼の髪型は、これこそリンゴだという意味において、注目に値する。この映画のＤＶＤさえあれば、方針がきまったばかりのこの本は、かならずや成立する、と僕は判断した。調べてみる

とこの映画は、ブルーレイで国内販売されていることが、たやすく判明した。リンゴ・スターの髪型から、この本は始まった、といま僕はここに書く。

この本の題名をどのようにするかは、僕が本文を書いているあいだずっと、課題であり続けた。カート・ラッセルが演じたエルヴィス・プレスリーについて書いている頃から、僕がこうして書いているのは「彼ら」についてである、という認識が、次第に明白になっていき、彼らについて書く、という言葉が、本の題名として仮にきまった。可能なかぎり短くしたほうがいい、という篠原さんの意見にしたがい、彼らについて書く、という言葉は、彼らを書く、となった。これ以上には短く出来ないだろう。したがって題名は、彼らを書く、となっている。

写真はすべて篠原さんが選んだ。素晴らしい、と僕は判断している。ダスト・ジャケットをデザインしたのも篠原さんだ。僕が責任を持つ範囲は、本文のぜんたいと書名、それに項目ごとにその始まりのところに位置する、短い文章だけとなった。じつに美しく妥当ではないか。

二〇二〇年三月

片岡義男

P.158～159……Michael Ochs Archives／GettyImages

P.164～165……AP／Aflo

P/168～169……Frank Micelotta Archive／GettyImages

P.172～173……Everett Collection／Aflo

P.174～175……Everett Collection／Aflo

P.180～181……Everett Collection／Aflo

P.187……Interfoto／Aflo

P.201……LMPC／GettyImages

P.205……Michael Ochs Archives／GettyImages

P,208～209……Michael Ochs Archives／GettyImages

P.210～211……Archive Photos／GettyImages

P.218～219……GAB Archive／GettyImages

P.229……Bettmann／GettyImages

P.240～241……Photofest／Aflo

P.244～245……alamy

P.250……Shutterstock／ Aflo

P.254……Aflo

DVD、Blu-ray、CD、レコード、ポスター、チケット、
映画チラシ、書籍はすべて私物です

Dust jacket

The Beatles……Interfoto／ Aflo

Bob Dylan……Everett Collection／ Aflo

Elvis Presley……Album／ Aflo

装丁／大久保裕文、村上知子(Better Days)

写真提供

P.9……Mirrorpix／GettyImages

P.11……Terence Spencer／GettyImages

P.17……CBC Photo Archive／GettyImages

P.20～21……Bernard Gotfryd／GettyImages

P.26……GRANGER.COM／Aflo

P.31……毎日新聞社／Aflo

P.36～37……Album／Aflo

P.39……Hulton Deutsch／GettyImages

P.45……Album／Aflo

P.46～47……Album／Aflo

P.52～53……Popperfoto／GettyImages

P.54～55……Michael Ochs Archives／GettyImages

P.58～59……Moviestore Collection／shutterstock

P.62～63……Moviestore Collection／shutterstock

P.64～65……alamy

P.70～71……Mirrorpix／GettyImages

P.76……Mirrorpix／GettyImages

P.82～83……Rowland Scherman／GettyImages

P.84～85……The Estate of David Gahr／GettyImages

P.86……Alice Ochs／GettyImages

P.98……TT News Agency／Aflo

P.100～101……Tony Frank／GettyImages

P.104……ullstein bild Dtl.／GettyImages

P.110～111……Michael Ochs Archives／GettyImages

P.114～115……Tony Frank／GettyImages

P.117……Visual Press Agency／Aflo

P.119……Stanley Bielecki／ASP／GettyImages

P.134～135……Rolls Press／Popperfoto／GettyImages

P.137……Evening Standard／GettyImages

P.141……ABC Photo Archives／GettyImages

P.151……Michael Ochs Archives／GettyImages

“This is a newly written essay”
“Oh, yeah?”

「書き下ろしのエッセイだってよ」
「ほんとかよ」

片岡義男（かたおか・よしお）

1939年東京都生まれ。作家、写真家、翻訳家。1974年に『白い波の荒野へ』で作家としてデビュー後、著書多数。本書は『コーヒーにドーナツ盤、黒いニットのタイ。』、『珈琲が呼ぶ』に続く書き下ろしエッセイ。

彼《かれ》らを書《か》く

2020年4月30日　初版1刷発行
2020年5月25日　　　2刷発行

著　者　片《かた》岡《おか》義《よし》男《お》
発行者　田邉浩司
発行所　株式会社 光文社
〒112-8011　東京都文京区音羽1-16-6
電話　編集部……………03-5395-8172
書籍販売部……03-5395-8116
業務部……………03-5395-8125
メール　non@kobunsha.com
組　版　新藤慶昌堂
印刷所　新藤慶昌堂
製本所　ナショナル製本

ISBN978-4-334-95164-1